背中にぴったりと抱きつかれ、耳元で優しく囁かれる。
「痛くはしないから、僕を受け入れて」「……は、い……」（本文より抜粋）

DARIA BUNKO

愛しの彼は編集者様

若月京子

illustration※明神 翼

イラストレーション❋明神 翼

CONTENTS

この作品はフィクションです。
実在の人物・団体・事件などに一切関係ありません。

愛しの彼は編集者様

★
★
★

今年の春に大学を卒業した藤堂猛虎《とうどうたけとら》は、コンビニとファミレスの厨房でアルバイトをしてなんとか暮らしているフリーターだ。

出身は有名大学だし、猛虎なりに就職活動をがんばったのだが、熾烈《しれつ》な就職活動を勝ち抜くには不利な性格と見た目をしている。

顔は、可愛いのだ。可愛すぎて小さな頃から女の子と間違われ、そのことでからかわれ続けてきた。

それが嫌で前髪を伸ばして顔を隠し、視力が悪くなったから少々不格好なメガネをかけている。見た目がオタクっぽくなったうえに内向的な性格で、企業が求めるような覇気《はき》は欠片もない。

猛虎自身もどうしても…とか、絶対に…という意気込みはなかったから、就職できなくてもそれほど落胆はしなかった。

猛虎のしたいことは、大好きなメカ類の絵を描くことである。携帯電話やカメラ、バイク、車、飛行機まで、機械の類《たぐい》を描くのが大好きで、アルバイトをしているとき以外はずっと絵を描いている。

就職したら疲れて絵どころではなくなりそうだから、今一つ就職活動にも乗り気になれなかったのだ。

生活に必要な金額を稼ぐためにアルバイトをして、残りの時間は好きな絵に費やす。それで猛虎は結構幸せだったのだが、あいにくそうもいかなくなった。

コンビニのアルバイトを、クビになってしまったのだ。前々からもっとちゃんと声を出せとか、前髪を切れとか言われていたから、クビを宣告されたときも、ついに…という感じだった。

接客業は、猛虎には向いていない。分かっていたもののコンビニでさえ勤まらないとなると問題で、このままじゃいけない、好きな絵でなんとかならないかと初めて真剣に考えた。

そして猛虎にしては素晴らしく前向きに、漫画を描いて出版社に持ち込みということをしてみることにした。

漫研にも入らず一人で絵を描いていた猛虎には、漫画を描くこと自体、初めての試みである。投稿用に十六ページをがんばって描き上げて、どうせなら好きな雑誌ということで構文社《こうぶんしゃ》に電話での問い合わせをして約束を取りつける。

当日はドキドキしながら構文社のビルに行き、立派だなぁと感心しながら受け付けで名前を言ってロビーで待った。

「藤堂さんですか？　少年ロッキー編集部の中丸《なかまる》です」

名刺を差し出しながら挨拶をしてきた中丸は、猛虎が思い描いていた少年漫画誌の編集者というイメージとは異なる容姿をしていた。

派手にならない程度に髪を染めた、オシャレ系のイケメンだ。ラフだが、仕立てのよさそうな服を着ている。

「……あ、藤堂です。よろしくお願いします。あの…名刺持ってないんです…すみません」

「漫画家を目指す人なら、持っていなくて普通ですよ。気にしないでください。それじゃ、カフェスペースに移動しましょう。そちらで拝見させていただきます」

「はい」

ロビーの横には、外からも入れるカフェがある。中丸は奥のほうの席に行くと、猛虎にコーヒーでいいかと聞いて二つ注文した。

猛虎はカチカチに緊張しながら、ファイル入れから取り出した原稿を中丸に差し出す。

「えっと…それじゃあ、これ、お願いします」

「はい」

猛虎なりに一生懸命描いた漫画を中丸に渡し、一枚ずつじっくり見ていくのを、息を詰めて待つ。

途中でコーヒーが運ばれてきたので、チビチビ飲みながら緊張の時間をやり過ごそうとした。

最後まで読み終えた中丸が、少しぬるくなったコーヒーを一口飲んでから口を開く。

「はっきり言うよ？　今の段階では、採用することはできない」

「はい」

「キミの漫画は…なんというか、すごく評価に困るな。普通は、人物だけうまかったり力が入っていたりするんだけど、キミのは人物に愛情がまったく感じられない。主人公もヒロインもキャラが薄くて、存在感が皆無だね。それに比べてメカ類は…ものすごくうまい。特A級レベルなだけに、人物の薄さが際立つというか…ストーリーもメインになるバイクを描きたいがためのものになっているし…どこをどう直していいのか……。そもそもキミ、人物を描くの、好き？」

「あんまり…機械類を描くのが好きで、そればっかり描いていたので……」

「そうだよね。そういう絵だし。でも、漫画って人物が一番重要なんだよ。キャラさえよければ、背景なんかはどうとでもなるし…肝心の主人公に対して愛情がないのが丸わかりなのはまずいねぇ」

眉を寄せて、うーんと唸《うな》る中丸に、猛虎は身を小さくした。

「メカ類はプロ級なんだよね。メインとなるこのバイクなんて、本当に格好いいし。これだけで売りになるレベルなんだけど…人物がなぁ。メカ類を描くのが好きなら、いっそメカを擬人化して漫画を描いてみたらどうだろう？」

「擬人化？」

「そう。メカにキャラ付けをするんだ。たとえばこのバイクは、いかにもアグレッシブで速そうだろう？　無謀なこともしそうに見える。そしてこの女性が乗っているほうのバイクは、優美で美しい走りをしそうだ」

「ああ、はい、意味、分かりました。……描けるかもしれません」

「それじゃ、人型のロボットとかいいかもね。分かりやすくデザインを変えて、性格付けをして。人物に愛情を持てっていうより楽じゃないかな？」

「はい、できそうです」

「うん、じゃあ、それで一本描いてほしいな。それから、キミの描いたメカ類は本当に見事だから、他のも見てみたい。漫画はまだ無理でも、カットやイラストの仕事を回せるかもしれないし」

「カットや、イラスト？」

「そう。小さなカットなんかは原稿料も安いけど、わりと需要があるんだよ。キミの絵なら、自信を持って推せる。そのためにも、参考資料として他の絵が見たいな。ええっと…今なら時間があるから、どうだろう？　藤堂くんの家、遠い？」

「いえ、そんなには。電車で三十分くらいです」

「それじゃあ、嫌じゃないなら今からいいかな？」

「はい」

漫画をファイルに入れて立ち上がり、二人は外に出る。

「……あ、お金払っていません」

「編集部に付けるから大丈夫。藤堂くん、一人暮らし？」

「はい、そうです。実家、大学までちょっと遠かったので。今もそのまま同じアパートで」

「今、何歳？」

「二十二歳です。大学を卒業して、フリーターをしています。コンビニのレジ打ちとファミレスの厨房なんですけど、コンビニのほうがクビになってしまって……」

「ああ、それで一念発起して持ち込みしたのか。アシスタントとかはしていないの？」

「していません。考えてみたこともなかったです」

「もしかして、大学で漫研とか入っていなかった？」

「はい。サークルとか、苦手で……」

「なるほど…完全に独学で、業界と縁がなかったわけか……」

「はい」

「コンビニのバイトをクビになったんなら、漫画家のアシスタントをやってみる？　一日拘束で何日か泊まり込みになるけど、メカ類、山ほど描けるよ。日給は先生によるけど、大体一万円ちょいっていうところかな」

「アシスタント……」

　猛虎は眉を寄せて考え込む。

　絵を描いてお金をもらえるのは嬉しいが、そのためには苦手な人付き合いをしなくてならない。猛虎にとっては、そこがネックだった。

「人付き合い…苦手なんですけど……」

「あー…それも、大丈夫。過酷だったり曲者揃《くせものぞろ》いだったりするところじゃなく、わりと環境のいいところを紹介するよ。もっとも漫画家っていう職業上、多少はハードだろうけど。男くさいし」

「ハード？」

「今、人手を必要としてて付き合いやすい人柄のアシスタントの多い甲斐《かい》先生のところは、冷凍食品オンリーなんだよね。冷凍食品、食べられる？」

「はい。ボクもお世話になってます。手軽だし、美味しいし」

「じゃあ、大丈夫かな？　あそこは睡眠も六時間は確約してるっていうし。ファミレスのバイトの予定を教えてくれる？」

「はい」

猛虎は携帯電話を取り出し、予定表を開いて中丸に見せる。

「フンフン、なるほど…ちょうど明後日から三日間、空いてるね。ここ、アシスタントの仕事を入れていいかな？　お試しっていうことで」

「はい、お願いします」

アシスタントのために必要なものや住所、電話番号なども聞いて、メモをする。

電車で猛虎のアパートに移動するまでの三十分、中丸は素晴らしく有意義に話を進めていった。

猛虎のアパートは駅から少し離れていて、築年数も古い。だからその分家賃も安いので、フリーターでもなんとか生活していけていた。

鍵を開けて中に入り、中丸を通す。

1Kの小さな部屋はベッドとテレビとちょっとした家具。あとはすべて絵を描くための道具である。

「あの、飲み物は……」

「ああ、さっき飲んだばかりだから大丈夫。それより、絵が見たいな」

「はい。ええっと…最近描いたのは、この中です。こっちが白黒で、こっちがカラー」

何段も積み重なったプラスチックの収納ケースの中身は、すべて絵だ。

スケッチブックは高いので、紙のまとめ買いをしている。それも出費を抑えるために、白黒とカラーで厚さや品質が異なる。いたずら描き用には、近くの新聞配達所で裏が白の余ったチラシをもらっていた。

猛虎は内向的だが、いざとなったらがんばれるのだ。

中丸の表情はそれまでのにこやかさが一変して真剣なものになり、まずはと白黒の束から見ていく。

「――――」

猛虎としては気まずいようなワクワクするような、複雑な気持ちだ。

実家を出るまでは時折弟に見せていたが、一人暮らしを始めてから他の人間に見せるのは初めてなのである。

それだけに、中丸の反応が気にかかる。

中丸は一つずつじっくり見ていって、次にカラーに取りかかる。

どちらも丁寧にがんばって描いているが、プロの編集者がどう判断するか不安で仕方なかった。

見ながら中丸が脇に選り分けた絵は、猛虎が特に気に入っているものばかりである。だから、中丸も気に入ってくれたのかな…とは思う。

やがてカラーの束も見終わった中丸は、にっこりと笑って言う。

「うん、どれもいいね。人物と違って、すごく丁寧に愛情を込めて描いているのが分かる。それにこのカラー…独特な色使いや塗り方で、個性的だ。どれもとても格好よく描かれているしね。素晴らしいよ」

「ありがとうございます」

自分の絵を手放しで褒めてもらえて、飛び上がるほど嬉しい。

「いくつか選ばせてもらったんだけど、これ、持って帰っていいかな？　他の編集部にも、イラストの仕事があるか聞いてみるよ」

「あ、ありがとうございます。よろしくお願いします」

どうせ空いている時間はずっと絵を描いているのだから、それで千円でも二千円でももらえるなら嬉しい。

それに、大きさや構図などに制限があるものを描くのも楽しそうだ。

中丸から提示されたアシスタントの日給は高いし、がんばってやりこなして、継続的に仕事をもらいたいと思う。

中丸は短い時間でずいぶん猛虎のことを理解してくれたようなので、無理を言われなくてすみそうなのがありがたかった。

「それじゃ、ボクはこれで失礼するから。甲斐先生のアシスタント、がんばって。何かあったら電話してくれていいからね」

「はい、がんばります。ありがとうございました」

中丸を送り出した猛虎は興奮して、いても立ってもいられない感じだ。

勇気を出して、持ち込みをして本当によかったと思う。漫画は採用されなかったが、その代わり絵に関わる仕事がもらえたのである。

「がんばろ…人付き合い苦手だけど、今回はがんばらなきゃ」

人生を変えるかもしれないチャンスだ。

猛虎はこれまでなるべく目立たないように、ひっそりと息を殺すようにして生きてきたので、こんなふうにがんばらなきゃと思うのは初めてだった。

たった一つしかない好きなことなんだから、今がんばらないでどうすると自分を鼓舞する。

「がんばろう、うん、がんばる」

その日、猛虎が発奮《はっぷん》した状態で描いたのは、タイヤがバカデカいモンスタートラックだ。アメリカで盛んなクラッシュレースで使用され、タイヤなどは大人の身長ほどもある。

いつになく鼻息が荒かったせいか、迫力がある絵が描けた。

いつもどおりファミリーレストランの厨房でアルバイトをして、帰ってからは絵を描くという一日が過ぎる。

違うのは、明日から初めてアシスタントの仕事に行くのでソワソワしていることだ。

中丸にちょっとした着替えと、使い慣れた道具を持っていくようにと言われたから、着替えは早速バッグに詰めた。

絵の道具のほうは使用中だから、出かける前に詰めるつもりである。

★
★
★

そして迎えたアシスタント当日。

道案内と、スタッフに紹介もしたいからと中丸がアパートまで迎えに来てくれて、電車に乗って一緒に甲斐の家へと向かう。

「ここだよ。駅からの道は覚えた？」

「はい」

甲斐の家は、平屋建ての一軒家だ。昔ながらの日本家屋という感じで、小さいながら庭もある。

中丸は門扉を開けて中に入り、玄関の戸の横にあるチャイムを押した。

カラカラと音を立てて引き戸が開いて、男が顔を出す。

「こんにちは、御木本《みきもと》くん。疲れた顔をしてるね」

「あー…オレ、もう今日で三日目なんですよ。コミックスと重なると、やっぱりきついなぁ。先生、今回、わりと原稿が白いから、背景やら何やらが多くて。アシスタントが増えるの、ありがたいです」

「メカ類は、彼に任せちゃって大丈夫。携帯電話から車、飛行機まで、すごくうまいよ」

「助かります」

中丸と御木本の会話を聞きながらあとをついて家に上がった猛虎は、その薄暗さとホコリっぽさに驚く。

まだ昼なのに雨戸が閉め切られて、廊下にも電気が点いていた。

入口近くにある仕事部屋は、入るなりムッとタバコの匂いが鼻を突き、そのあとで男くささがくる。

「先生〜、中丸さんが来ましたよ。メカ類の助っ人を連れて」

「あ〜嬉しいなぁ。中丸さんに聞いて、車やバスなんかを残しておいたから、よろしく。中丸さんの推薦なら安心だ」

「藤堂猛虎くん、二十二歳です。アシスタントは初めてで、おとなしい子なのでよろしくお願いします」

「はい。ボクは甲斐元樹《もとき》、少年ロッキーで漫画を描いてます。奥から、佐野《さの》くん、山本《やまもと》くん、近田《ちかだ》くん、御木本くん。仕事の割り振りは佐野くんがやるから、彼の指示に従ってください」

丸い体つきの甲斐は、にこにこして優しそうだ。

猛虎は少しだけホッとしながら頷《うなず》く。

「はい、分かりました。ええっと…藤堂です。よろしくお願いします」

「こちらこそ～」

「よろしく～」

「オレたち、すでにヨロヨロ気味だから」

「それじゃ、藤堂くんの席はそこね。一通りの画材道具は用意してあるから、足りないものがあったら言って。あと、ここは飲み物も食べ物もセルフサービス方式だから。案内するよ」

「はい」

猛虎は佐野についていって、仮眠室や浴室、台所などを見せてもらう。

やたらと大きな冷蔵庫と冷凍庫があり、中にはものがギッシリ詰まっている。

もっとも冷蔵庫の中身は大量の飲み物と調味料の類だけで、冷凍庫の中にはレンジで温めるだけの冷凍食品で満杯だった。

「どっちも、好きに取って飲み食いして。睡眠と風呂は仕事の状況次第だけど、一日最低六時間は約束するよ」

「分かりました」

「とりあえず、今、飲み物を好きなのどうぞ」

「はい」

水、お茶、ジュースなど、その種類は多様だ。

猛虎はその中からお茶を選んで、一本もらった。

「それじゃあ、そんな感じでよろしく。基本、風呂と睡眠以外は自分の判断でね。ボクも自分の仕事があるからさ」

「はい」

仕事部屋に戻ると、中丸が甲斐と打ち合わせをしている。

「うん、大丈夫そうですね。このペースなら、間に合います。コミックスと重なって大変でしょうが、あと少しがんばってください」

「ああ、がんばる」

「差し入れのケーキ、冷蔵庫に入れておきますから。糖分を摂って、もうひと踏ん張りしてください」

「は～い」

「ありがとうございます～」

中丸は猛虎のところに来ると、大丈夫そうかと聞いてくる。

「はい、がんばります」

「何かあったら、電話をね」

「はい」

中丸はそこで帰り、猛虎は初仕事だ。

佐野はいろいろと指示の書かれた原稿用紙を三枚と、大量の資料を机の上に置く。それに、甲斐のコミックスもだ。

「この車を描いてもらいたいんだ。できる？」

「はい」

「どんな感じか見たいから、一コマ目ができたら見せてくれる？」

「分かりました」

主人公が乗っている車だから、登場回数は多い。

猛虎は甲斐のコミックスを見て、どういうふうに描いているのか参考にしながら描き始めた。

本体価格が一千万円を超えるスポーツカーなので、描くのは楽しい。資料もたくさんあって、いろいろな角度から撮った写真まで用意されている。

見ているだけで楽しいと思いながら、その優美な曲線をコマの中に描き出していく。

最初は鉛筆でシャシャシャと大まかなラインを描き、それから定規を使ってきっちりとした線を。

イラストではなく漫画の中の一コマだからそう描き込むこともできず、猛虎からしたら物足りないくらいでやめておく。

立ち上がって佐野のところに行き、原稿を差し出す。

「佐野さん、できました」

「もう？　ちょっと早すぎない？」

佐野の声に、不安が滲《にじ》み出ている。

渡されたコミックスと同じような感じで描いてみたのだが、少しあっさり描きすぎたかと心配になった。

「あれ？　完璧だ…すごいな、藤堂くん。こんなに早く描けるものなんだ」

「いつもはもっと線を描き込むんですけど、それだと浮いてしまうので……」

「うん、これくらいがちょうどいい。車だけビシッと描き込まれてもね。この感じで、他のもよろしく。渡したやつが終わったら、声をかけて」

「はい」

どうやら及第点らしいとホッとして、猛虎は次のコマに取りかかる。

すべて同じ車だから、慣れれば早い。車の形を覚えてしまうので、五コマも描けば資料を見ないでも描けるようになった。

大きなコマでは他より描き込んでもいいということで、格好いいタイヤだな〜とか、ライトも個性的…と思いながら楽しく描けた。

ただ、この仕事場では、甲斐と山本の二人が喫煙者で、それがちょっとつらい。

空気清浄機が二台ほど稼働しているものの、二人ともかなりのヘビースモーカーなので追いつかない感じだ。

猛虎はドア近くの席だからまだマシだが、普段タバコとは縁のない生活をしているので煙が目に染みて痛かった。

目薬を持ってこなかったのを後悔しながらも、どんどん描き進めていく。

渡された三枚、すべてのコマを埋めると、猛虎は佐野に声をかける。

「佐野さん、終わりました」

「もう⁉　キミ、本当に早いな。そんな簡単に終わるようなコマ数じゃなかったはずだけど、終わってるね。うん、終わってる。ちゃんと全部埋まってるし、早いなぁ」

「ありがとうございます」

褒められれば、やっぱり嬉しい。普段の生活では褒められることがないし、それが好きな絵についてならなおさらだ。

「それじゃ、今度はこれを。最初はひたすら車を描いてもらいたいんだ。たくさんあるから、本当に助かるよ」

「はい」

今度は五枚だ。どうやら他のアシスタントたちはコミックスにまとめる漫画の手直しをしていて、猛虎が渡された原稿に比べると遥かに描き込まれている。

コミックスはずっと残るものだからきちんとしたものに仕上げたいだろうし、枚数が多い分、いつもの連載と並行してやるのは大変なのだろうと分かる。

自分もちゃんと戦力になると分かってホッとしつつ、猛虎はせっせとスポーツカーを描いていくのだった。


御木本がすでに三日目だと言っていただけあって、甲斐も他のアシスタントたちもあまり覇気がない。

ラジオがずっと流れ続けている仕事場には、作業を指示するやり取り以外の会話はなかった。五人とも、疲れている様子である。

その分、話しかけられたり、あれこれ聞かれたりしなくてすんだから気楽でよかった。

彼らは代わる代わる眠りに行ったり、風呂や食事に立ち上がる。

しかし初めての場所で緊張していた猛虎は、ひたすら絵を描き続けるのが精いっぱいで、トイレに立つのも恐縮しつつ…という感じだった。

他人様《ひと》の家の冷蔵庫や冷凍庫から勝手に取って飲み食いするというのが、猛虎にとってはハードルが高い。遠慮が先に立って、難しいのだ。

原稿をもらって必死になってこなし、終わったら新しいのをもらう。そんなことを繰り返していると切れ目がなく、空腹を感じても食事に立つことができなかった。

夜中になってから、佐野に風呂に入ってから眠ってくれと言われる。アラームは、七時間後にセットするようにとも。

猛虎は着替えを持って立ち上がり、言われたとおりシャワーを使ってから仮眠室へと向かった。

「……布団が男くさい……」

一人二人ではない人間の匂い、それにタバコの匂いが染みついている。しかも、どことなくじっとりと湿っているような気もする。

「過酷って、こういうこと……？」

睡眠が六時間確約されているなら体力的にはそれほど大変じゃないかも…と思っていたのだが、この布団で眠るのは精神的につらいものがある。

「でも、寝ないと体力が……」

二つ並んだベッドのうち、どちらがマシだろうかとフンフンと匂いを嗅いで、どちらも同じくらい男くさいことに溜め息を漏らす。

「絵を描くのと、人間関係以外のところでがんばる必要があるとは思わなかった……」

それに結局、家を出てからはペットボトルを一本飲んだだけだ。

お腹空いた…男くさい…と思いながら、猛虎は目を瞑《つぶ》って寝ようとした。


緊張しているせいか、うまく眠れない。鼻を突く男くささとタバコの匂いが、他人の家のベッドだということを忘れさせてくれなかった。

それでも寝ないと…そう思って目を瞑り、ウトウトしているうちにアラームが鳴ったという感じだ。

「……寝た気がしない……」

ノソノソと起き出して、うう～んと大きく伸びをする。それから服に着替えて洗面所に向かうと、顔を洗って頭をしゃっきりさせた。

さすがに喉の渇きを覚えて、冷蔵庫から水を一本もらう。

それを持って仕事部屋に戻ると、小さな声で挨拶をして佐野に指示を聞きに行った。

「えっと…昨日に引き続き車と、あと自転車。資料はこれだけど…描ける？」

「はい、大丈夫だと思います」

「それじゃ、例によって自転車の一コマ目だけは見せてください。よろしく」

「はい」

車の形は、もう覚えている。

猛虎は自分の席に座ると、ときおり資料を見ながらどんどんコマを埋めていった。

自転車は、さすがに少し難しい。ヒロインの女の子がすでにペンで描き込まれているので、人物が浮かないようにして、周りとのバランスも考える必要があった。

甲斐が描いたらしい大まかな鉛筆の線をなぞり、細かく描き込みをし、少し目から離してバランスを見る。

これなら大丈夫そうだと納得がいったところで、一気にペン入れをした。

インクが乾くのを待っている間に描き終えた車のコマに消しゴムをかけ、ちょいちょいと手を加える。

自転車にも消しゴムをかけて鉛筆の線を消すと、佐野に見てもらうために立ち上がった。

「佐野さん、これ、終わった分です。あと、自転車を描いてみました」

「はい、ありがとう。――うん、自転車もうまいね。これなら全然ＯＫだよ。この感じで、他のもよろしく」

「はい」

相変わらず部屋は煙いし空腹ではあるが、仕事の面ではなんの問題もない。すんなりとＯＫをもらえたことにホッとしつつ、猛虎は絵を描くことに没頭した。

仕事中、入れ替わり立ち替わりで誰かしらが席を立つ。長く戻ってこないのは、睡眠中らしい。

遮光《しゃこう》カーテンが閉め切られた室内は薄暗く、時間の感覚がなくなるのが困りものだった。

休憩も自分の判断でと言われているので、猛虎は休みなく手を動かす。トイレに立つとき以外は座りっぱなしで、そのときにもらってくる飲み物が唯一の栄養源だ。

だから水やお茶はやめて、ジュースかスポーツドリンクにした。

仕事中、甲斐に中丸から電話がかかってきて、佐野が応対に出る。進捗状況を喋《しゃべ》り、それから藤堂という名前が出た。

反射的に思わずビクッとすると、佐野は笑いながらよくやってくれている、有能だと言ってくれた。

猛虎は嬉しくも気恥ずかしい気持ちになって、ますますがんばるのだった。

二日目の夜は男くさいなんて言っていられず、ベッドに入るや否や疲れからストンと眠りに入った。

気を張り詰めて一日中絵を描き続け、その間というもの水分しか摂取していないのでヨロヨロである。

もともと食にはあまり興味がないほうだったが、これはもうさすがに何か食べないと…という状態である。

しかし熟睡して目覚め、身支度を整えるとまたそのまま仕事に入ってしまう。何か食べるべきだったことを思い出すのは、絵に取りかかってからだ。

こうなるとまたうまくタイミングが掴めず、三日目もやはりジュースばかり飲んで過ごすことになってしまう。

与えられた仕事をこなしてヨイショと立ち上がる体が、とても重い。不思議ともう空腹感はないのだが、手や足に力が入らなかった。

中丸が差し入れの昼食を持ってきたとき、猛虎はもう限界に近かった。

自分でも、ヘロヘロだと分かるくらいである。

「藤堂くん？　キミ、大丈夫？　なんだかひどく顔色が悪いけど」

「あー……」

大丈夫ですという言葉は、声になる前に消える。

もはや椅子に座っているのもつらくなり、目の前がかすんだ。

「藤堂くん⁉」

グラリと揺れた猛虎の上体を、中丸が受け止めてくれる。おかげで床に倒れ込まなくてすんだ。

「これはまずいな。佐野さん、藤堂くんを病院に連れていきますが、あと大丈夫ですか？　他のアシスタントを手配します？」

「ああ、大丈夫ですよ。藤堂くん、こっちの期待以上に仕事が早かったから。描いてもらうつもりでいたところはもうとっくに終わっていて、追加でいろいろ描いてもらっていたんだ。あとはなんとかなります」

「よかった。じゃあ、もう少しがんばってください」

「原稿が終わったら、電話するよ」

「はい、お待ちしています」

甲斐の言葉に中丸が応えるのが遠くに聞こえる。

中丸は朦朧《もうろう》としている猛虎を横抱きにして、タクシーに乗せる。そして病院名と場所を告げると、十五分ほどで小さな病院に着いた。

「ここ…は……？」

「病院だよ。藤堂くん、明らかに具合が悪そうだからね。小さいけど先生の腕は確かだし、すぐに見てもらえるから」

患者はたくさん待っているようだが、老人が多い。中丸の腕の中で蒼白になっている猛虎を見て、自分たちはいいから早く診てもらいなさいと言ってくれた。

「それで、今日はどうしたのかな？」

診察室に入ると医師が聞いてくる。

「彼が倒れて…藤堂くん、原因は思い当たる？」

「あの……」

もちろん猛虎には理由が分かっていたが、それを言うのが恥ずかしい。大学も卒業し、成人した大人として情けないことだと理解していた。

「ここ、二日…三日近く、何も食べていなくて……」

「は？　どうして？　甲斐先生のところは冷凍食品ばかりだけど、食料自体はたくさんあるはずだけど」

「そうなんですけど…好きに食べていいって言われたんですけど…タイミングが掴めなかったというか……」

「……ああ、なるほど。分かった気がする。飲み物は飲めた？」

「それは、さすがに……」

猛虎が中丸と話している間、医師は目を見たり皮膚の状態を調べたりしている。

「ちょっと舌を出してみて。――はい、ありがとう。聴診器を当てるから、ちょっとヒヤッとするよ」

一通り診察し、猛虎の話から医師は栄養不足と診断する。

「一応飲み物は飲んでいたようだけど、少し脱水症状が出ているね。点滴を打つから、一時間ばかりかかるよ」

「はい」

「胃にも何か入れてあげたほうがいい。点滴が終わったら、消化のいいものを食べるようにね」

「はい」

点滴の間、猛虎はウトウトしていた。終わりましたよと起こされたときには頭も体も軽くなっている。

診察室を出て会計をしていると、中丸が外から戻ってきた。電話をしてきたという。

ここがどこか分からない猛虎に、中丸はタクシーで猛虎のアパートまで送って、近くにあるうどん屋に入る。

なるべく消化にいいものをとのことだったので、鍋焼きうどんを二つ注文して、柔らかく煮てくれと頼んだ。

点滴のおかげでシャンと座れるようになった猛虎は、身を小さくして恐縮する。

「……すみません、いろいろとご迷惑をおかけしてしまって。結局、アシスタントのほうも最後までできなかったし……」

「ああ、その点は気にしなくていいよ。さっき佐野さんに電話をしたら、アシスタントとしては充分すぎるほど働いてくれたって言っていたから。佐野さんの考えていたよりも遥かに多く描いてもらったって、喜んでいたくらいだ。それと、ちゃんと食事をしていなかったことに気がつかなくて、申し訳なかったと言っていたよ」

「自分の判断でって言われていたのに、うまくできなかったボクが悪いんです。そういうの、苦手で……」

「そうみたいだね。佐野さんはぜひまた来てほしいと言っていたけど、次も同じようなことになったら困るし…佐野さんも忙しくて、そうそう目が配れないからなぁ」

「すみません……」

「技術はどこにでも推薦できるけど、その性格だと限られるね。うーん…やっぱり、宗弘《むねひろ》のところしかないか…あそこには優秀なオカン系メシスタントがいるから。御木本くんもお試しデビューが決まって、少しアシスタントの仕事をセーブしたいと言っていたしな……」

途中から、独り言になっている。

そこにうどんがやってきて、熱々のそれをハフハフと啜《すす》り始めた。

「あ、美味しい……」

「細めの麺《めん》でいいね。煮込んであるのに、しっかりしているし。汁も好みだな～」

これは旨いと二人でせっせと食べ続ける。汁まで残さず完食したところで、中丸が甘いのも欲しいな～と言い出した。

「善哉《ぜんざい》食べよう、善哉。藤堂くんは？　食べられる？」

「あ、はい。美味しそうですね～」

写真では餅に焼き目がついていて、いかにも美味しそうだ。

中丸は二人分の善哉を注文すると、鞄から手帳を取り出しながら言う。

「藤堂くんを、高弘《たかひろ》先生のところに推薦してみようかと思うんだけど、どうかな？　知ってる？」

「好きです。高弘先生の作品、面白いですよね」

「ボクが知っているかぎり、あそこが最高の仕事場だよ。ああ、でも、禁煙なんだった。藤堂くん、タバコは？」

「吸いません。だから、禁煙って嬉しいかも」

「高弘先生とのところにはしっかりしたメシスタントがいるから、毎日美味しくてバランスのいいものを食べさせてもらえるよ。今はいいペースでネームが上がっていて、それほど過酷でもないしね。ただその分、切実に四人目のアシスタントを求めているわけではなかったから、切実な甲斐先生のところに入ってもらったんだけど…やっぱり藤堂くんは高弘先生のところのほうがいいな」

「はぁ…すみません……」

コンビニをクビになったことからも分かるように、猛虎が勤められる仕事場は限られている。しかも、極々狭い範囲でしかない。

なんとも情けないと思ってシュンとしていると、中丸は笑ってポンポンと頭を撫でてくれた。

「そんなに落ち込まなくて大丈夫。確かに性格的に不器用なところはあるみたいだけど、人から嫌われる感じではないからね。馴染《なじ》むのに、少々時間がかかるだけだよ。ボクは仕事柄いろいろなタイプの人間を知っているけど、藤堂くんは大丈夫だよ。おとなしいけど、いざとなると根性もあるしね」

「そう…ですか？」

「高弘先生がアシスタントに求める条件にも、ある意味ピックリだし」

「どんな条件ですか？」

「有能なメシスタントの七生《なお》くんは先生の従兄弟《いとこ》で、たいそうな美少年なんだよ。もう大学生だから少年っていう年齢じゃないんだろうけど、見た目が美少年っていう感じでね。だからアシスタントの条件は、第一が七生くんに手を出さないこと、邪《よこしま》な目を向けないこと。第二が仕事場で邪魔にならない性格、第三に技術っていうところかな。藤堂くんなら、間違っても七生くんに手を出さないだろうから、宗弘も安心だ」

「宗弘？」

「ああ、ごめん。高弘先生の本名だよ。ボクたちは大学時代からの友人でもあるから、油断するとつい名前呼びになってしまって」

「仲いいんですか？」

「そうだね。担当編集者と漫画家という関係だから、ケジメはつけないと…とは思っているけど」

そこで善哉がやってきて、二人はしばし沈黙して甘味を味わう。

美少年の従兄弟に手を出さないことというのは随分変わった条件だと思ったけれど、それはクリアできると猛虎は善哉を食べながら考えるのだった。

半分以上食べて落ち着いたところで、中丸は手帳の日にちを指さしながら言う。

「高弘先生の修羅場《しゅらば》の予定は…この日から四日間、入れるところはある？」

「一日目はファミレスのバイトがあって…二日目からの三日間なら、大丈夫です。……でも、ボクで大丈夫ですか？」

「今度は絶対に大丈夫。まぁ、でも、お互いに一度目は様子見のお試しかな。その三日間やってみて、大丈夫そうか考えてみるといいよ」

「はい」

もしもそこがダメなら、アシスタントは無理そうだ。

食事がうまく摂れなくて佐野たちに迷惑をかけてしまったが、絵をたくさん描ける仕事はとても楽しかったので、高弘のところでうまくやれるといいなと思う。

猛虎は箸《はし》をグッと握りしめ、決意を込めてコクリと頷《うなず》いた。

★★★

ファミリーレストランの厨房での仕事は、朝からランチタイムを挟んだ八時間だ。店員価格で安くランチを食べて帰れるのは嬉しいが、しょっちゅうだと飽きてしまう。

午後になって仕事が終わり、アパートに帰った猛虎は、自分の部屋の前に中丸がいるのに気がつき驚いた。

「中丸さん？」

「やあ。仕事が終わる頃だと思ってね。甲斐先生のところのアシスタント代をもらってきたよ」

「すみません。えっと、入ってください」

「ありがとう。あ、これは差し入れのステーキ丼。藤堂くんはもっと肉を食べて、力をつけないと」

「あ、ありがとうございます」

中に入ってお茶を淹《い》れ、座ったところで封筒を渡される。

「思ったよりずっとがんばってくれたから、多めに入ってるって。能力給をプラスしてもらったね」

「え、でも…いいんですか？」

「雇い主の判断なんだから、当然いいと思うよ。藤堂くんが描いたコマ数で計算したって言っていたし。それだけキミががんばったということだね」

「ありがとうございます。嬉しい……」

猛虎は渡された封筒をギュッと抱きしめ、喜ぶ。

倒れて迷惑をかけ、途中でリタイヤしてしまった形だから減額されても文句は言えないのに、増やしてくれたのだ。金額よりも、役に立ったと言われたことが嬉しかった。

「それからこっちは、カットとイラストの依頼。小さなカットが二点と、半ページのイラストが一点。描いてもらいたいのは、この写真のバイク。バイク雑誌の仕事だから正確さが絶対条件で、アレンジは一切なしね。ただ、カラーリングは好きなようにしていいし、できれば突飛なくらいやってほしいっていう話なんだけど、できる？」

「突飛っていうのは、どういう意図でですか？」

「広告を兼ねた特集で、実物の写真もたくさん載せるんだよ。だからイラストのほうは、写真とは違う感じにしたいらしい。ハンドルやフレームに色をつけたり、そこまでしないだろうっていう模様を描いたり。半ページのほうはバイク自体はそのまま描いてもらって、カットの二点はデフォルメOK。引くのはいいけど、勝手に足すのはNG。分かる？」

「はい。あくまで、バイクの形を崩すなっていうことですね」

「そのとおり。引くのはともかく足されると、違うものになっちゃうからね」

「分かりました。できると思います」

「メーカーの人がチェックしたいっていうから、一週間くらいしか描いてもらう時間がないんだけど、大丈夫？」

「はい、大丈夫です。そんなにかかりません」

「よかった。できたら、連絡をくれれば取りに来るから」

「分かりました。仕事、ありがとうございます。がんばります」

「そんなに大きな仕事じゃないんだけどね。そうそう、原稿料はこれ」

それぞれのカットやイラストの原稿料が書かれた紙を、渡される。

「こんなにもらえるんですか？　ボクの三日分のバイト代ですよ」

「半ページのイラストがあるからマシだけど、カットは安いんだよね。でも雑誌に載って誰かの目に留まれば、少しずつ大きい依頼も来るようになるからがんばって」

「はい。絵でお金をもらえるだけで嬉しいです。ファミレスで八時間働くのは大変だけど、絵を描くのは趣味だから。趣味で三日分ももらえるなんて、信じられない」

「喜んでもらえて、よかった。絵で食べていけるようになれるといいね」

「はい！　がんばります」

ついでにそのイラストが載る予定のバイク雑誌も数冊持ってきてくれたので、どんな感じの本か確かめられた。

お茶を飲みながらしばし雑談し、中丸に礼を言って送り出したあと、猛虎は湯呑みなどを洗ってから風呂に入る。

その間、猛虎の頭の中は依頼された仕事のことでいっぱいだった。

カラーリングを好きにしていいと言われたから、どんなものにしようかな～とワクワクしている。突飛なものということは、やりすぎなくらいでいいはずだ。

「バイクって、炎のカラーリングが多いよなぁ…炎か、炎…でも、突飛に……」

あれこれ考えすぎて、危うくのぼせそうになってしまった。

猛虎は慌てて湯船から上がると、体を拭いて部屋着兼寝間着を着込んだ。それから机の前に座ると、寝る予定の時間にアラームをセットしてから思いつくままデザインを一心不乱に描き続けた。

アラームをセットしたのは、絵を描くことに没頭した自分が時間を忘れてしまうのを知っているからだ。学生時代、絵に熱中して食事や睡眠をとらなかったせいで入院した苦い経験のある猛虎ならではの対策だった。


翌朝、ファミリーレストランのアルバイトに出かけ、仕事をしている間も頭の中はデザインのことでいっぱいである。

昨夜、たくさんの図案を考え、バイクなら強さや激しさを感じさせるイメージがいいだろうという考えのもと、そのうちの二つに候補を絞ったのだ。

天馬というより、地獄の死者のような真っ黒で猛々しいペガサスを描くことにした。

一つは、火山のマグマの中を疾走する場面。もう一つは、稲妻を背に死神を踏みつけている場面だ。

ペガサスをバイクに見立て、インパクト重視で強く激しく描いてみようかと思う。

厨房の中で働きつつ、頭の中でどんどん構図が固まっていく。ついぼんやりして注意されながらなんとか仕事をこなし、自分のアパートへと戻った猛虎は、すぐに机に向かって下描きを始めた。

もらった写真と何度も見比べながら、真っ白な紙に描き起こす。足すことも引くこともしないように気をつけ、ちょっとした角度に注意して線を忠実に再現しようとした。

「綺麗なバイクだなぁ。格好いい……」

ニューモデルというわけではなく、昔からある人気の型だ。奇をてらうわけではないシンプルなデザインだが、計算されつくした美しさがある。

「……あれ？　でも、やっぱりちょっと変わってる？　前に雑誌で見たときと、なんだか違うような……」

猛虎は呟《つぶや》いて本棚を探り、バイク雑誌を引っ張り出す。

年に一、二冊程度しか買わないから、目当てのものを探すのはそう難しいことではなかった。

「……ああ、やっぱり。ハンドルやマフラーが少しずつ変わってる。リニューアルしたんだ」

昔のと今のを見比べながら、ほんの少しだけその部分を強調する。それから慎重にペン入れをしていった。

集中して、下描きのラインをなぞる。修正はしたくないから、絶対に失敗しないよう真剣だった。

一本一本丁寧に線を描き、集中が途切れそうになったところで手を止める。さすがに一気に描き上げるのは難しかった。

グルグルと肩を回し、水を飲んで、途中までのイラストをマジマジと見つめてバランスが崩れていないか確認する。

「……うん、大丈夫」

よしっと気を取り直して再び集中し、そのまま最後まで描き上げた。

「つ、疲れた……」

半ページのイラストといってもバイク全体で、タンクの部分はそれほど大きくないから神経を使った。

「これ、もっと大きいので描きたいなぁ。……締め切りは、一週間後か」

それならまだまだ時間はあるし、今の勢いのまま趣味として描いてもいいかと思う。

「せっかくだから、こっちもカラーで」

カラーで考えた構図だから、色付けしたいと思う。

幸い明日はファミリーレストランのアルバイトが休みなので、好きなだけ描いていられる。

「楽しい～♪　こういうの、外部刺激っていうやつ？」

中丸から依頼をもらったからこそ思い浮かんだ構図だ。

ペガサスの場面だけだと機械の類は一つもないのに、バイクのタンクに描くものだと思うと俄然やる気が出る。

猛虎は馬の写真や図版が載っている本や雑誌を引っ張り出すと、朝まで夢中になってペガサスのイラストを仕上げた。

★
★
★

猛虎はひたすら絵を描き、アルバイトに行き、また絵を描いた。

結局、依頼されたカット一点の他に半ページのイラストを二点仕上げた。中丸に見てもらって、選んでもらえばいいと思ったのだ。

最初は自分で選ぼうと思ったのだが、どちらも同じくらい気に入ってしまい、選べなかったのである。

中丸にできたと伝えると、今は外に出られないから会社のほうに来てくれないかと言われた。

猛虎はできあがったイラストを持って、出かけることにする。

一度行った場所なので、迷うことはない。

受け付けで中丸を呼びだしてもらい、ロビーで待っていると、十五分ほど経ってから中丸が現れた。

何やら、少しやつれている。

いつもさり気なくオシャレな中丸が、髪はボサボサでシャツもよれていた。おまけに目の下にはクマだ。

「やぁ…藤堂くん。わざわざ来てもらって、ごめんね。おまけに下りてくるのも遅くなってしまって。今、うち、ちょっと忙しくてね～」

「そんなときに、すみません。中丸さん…大丈夫ですか？　ヨレヨレですけど」

「あ～、いつものことだから大丈夫。慣れたもんだよ。それより、イラストが見たいな」

「はい」

猛虎は横に置いておいたファイルケースからイラストを取り出し、中丸に渡す。

「あぁ、カットの二点は、依頼どおりだね。イラストのほうは…二点？」

「はい。二つ思いついて描いてみたんですけど、自分じゃ選べなくて。あと、タンク部分のイラストをちゃんと描いてみたくなって、そっちも描いてしまいました。すごく楽しかった」

「う～ん……」

中丸が眉間《みけん》に皺《しわ》を寄せて、二つのイラストを見比べている。それにペガサスを大きく描いたほうも見て、うんうんと唸っていた。

猛虎としてはなかなかいい出来だと思っていたのだが、気に入らなかっただろうかと不安になった。

突飛の方向性が違っていたのかとか、ペガサスが悪かったのだろうかとか、ダメな理由がグルグルと頭の中を駆け巡る。

弟にしか絵を見せたことがなかったし、何年も一人で籠もって自己満足の域で描いていただけなので、雑誌に載せてもらえるレベルではなかったのかと肩を落とした。

猛虎がズーンと落ち込んでいると、それに気づいた中丸があれっと首を傾げる。

「藤堂くん、暗いね。なんで？」

「え…ダメだったんだと思って……。まだ締め切り前だし、描き直す時間ありますよね？　どういうふうに描けばいいいんですか⁉」

「いやいや、描き直す必要なんかないよ。すごくいい出来だと思う。ボクが唸ってたのは、どっちもすごくよかったからだよ。火山のほうは全体が赤と黒のカラーリングで、稲妻のほうは青と黒なんだね。ペガサスも迫力があって力強いし、格好いいなぁ。……うん？　そういえば藤堂くん、メカ以外にも情熱を込められるんだね」

「あー…それは、この黒いペガサスをバイクの象徴のつもりで描いていたからかも。強さとか、速さを出したいな…と思って筋肉を描いてみたり。半ページのイラストのタンク部分だけじゃ満足できなくて、大きく描いちゃったんですけど」

「うん、いいよ、これ。すごく強そうだ。火山から生まれて、稲妻を従えて、死神を踏み潰《つぶ》す…ちょっとやりすぎなくらいのドラマチックさは、クライアントの希望どおりだと思うよ。ボクにも決めかねるから、直接見せて選んでもらおう。せっかくだから、大きく描いたほうもね。どちらか決まったら連絡するから、楽しみに待ってて」

「はいっ」

　また一つ、嬉しいこと、楽しいことが増えた。

　猛虎はニコニコしながら立ち上がり、やつれた様子の中丸を心配しつつ帰宅した。

★
★
★

新しいアシスタント先に向かう日は、前回と同じように中丸がアパートまで迎えに来てくれた。

手には大きな袋を提げている。

電車に乗って向かった先は、二階建ての立派な一軒家だ。建ててからまだそう経っていないのか、とても綺麗でオシャレな外観である。

「……でも、やっぱりシャッターは閉まってる……」

「ああ、そこ、仕事場だからね。太陽光で手元に影ができるみたいで、仕事中はずっと閉め切っているんだよ。あと、仮眠室になってる客間も。彼ら、昼夜を問わず、手が空いたところで寝るから」

「あ…甲斐先生のところもそうでした」

猛虎も入れるとアシスタントは五人だったが、ベッドは二つしかなかった。時間をずらさないと、寝ることができない。

中丸が門扉のところにあるインターホンを押すとすぐに応対の声がして、玄関の扉が開けられる。

「中丸さん、いらっしゃい。後ろの人が、新しいアシスタントさん？」

応対に出てくれたのは、たいそうな美少年だ。顔立ちがとても可愛らしく、大きな目がキラキラとした生気に溢《あふ》れている。

きっとこの人が中丸が言っていた高弘先生の従兄弟だろうと猛虎は思った。

「そうだよ。藤堂くん。おとなしい子だから、面倒を見てあげてくれるかな」

「分かりました。さぁ、どうぞ。今、みんな起きてるみたいだから」

「ああ、よかった。一気に紹介できる。そうだ、これ、お土産《みやげ》ね」

「いつもありがとうございます。中丸さんが持ってきてくれるお菓子、どれも美味しいから楽しみ」

「食べるの、好きだからね～。食関係のムックを出してる部署とも、仲良くしてるし」

迎え入れられた家の中は明るく、空気も澱《よど》んでいない。ホコリっぽさもないし、普通に綺麗で清潔そうな家だった。

仕事部屋は玄関近くにあって、七生ではなく中丸が案内してくれた。

「こんにちは～」

「あ、中丸さんだ。いらっしゃ～い」

「お疲れさまです！」

「まだ二日目だから、みんな元気だなぁ」

明るい挨拶の声に、中丸が笑う。

「俺、さっきまで寝てましたもん。元気、元気」

「新しいアシさんを連れてきたから、よろしくね。御木本くんは甲斐先生のところで顔合わせしてるけど」

「ああ、ぶっ倒れた子だ。大丈夫だった？」

「あ…はい、大丈夫です。その節はご迷惑をおかけしまして……」

「いや、サクサク描いてもらって、助かったけど。倒れたのって、終わりのほうだったし。おかげで修羅場が思っていたより短期間ですんだよ」

そんなことを話していると、七生が扉からひょっこり顔を覗《のぞ》かせて言う。

「中丸さんが持ってきてくれたケーキで、休憩にしよう」

「わ〜い」

「ありがとうございます〜」

廊下の奥のほうに簡易キッチンがあり、ダイニングテーブルの上には人数分のケーキと紅茶が用意されている。

いただきますと食べ始めながら、中丸がみんなに猛虎のことを紹介する。

「藤堂猛虎くんです。メカ類が得意で、携帯電話から車、飛行機までなんでも描けるよ。少し人見知りするらしいから、よろしくしてあげてください」

はーいといい子の返事がして、高弘から順に自己紹介をしていく。

「高弘です。よろしく。仕事の割り振りなんかは米田《よねだ》くんに任せているから」

「その、米田です。仕事中は禁酒禁煙でお願いします。食事は朝晩ともに七時なので、時間が近くなったらキリのいいところで手を止めてください」

「そうしないと、七生くんに怒られるからね～。あ、俺は高野《たかの》です。最年少で、ピチピチを少し過ぎた二十五歳。彼女募集中なので、合コンとかあったらよろしく」

「高野さんだけ、よろしくの意味が違う…三咲《みさき》七生です。宗弘さん…高弘の従兄弟で、大学に通うためにこの家に下宿中。アルバイトとして、この家で家事全般プラスメシスタントしてます。ご飯はオレが作るよ」

「はい。藤堂猛虎です。よろしくお願いします」

ペコリと頭を下げる猛虎に、七生が首を傾げながら聞く。

「たけとら？　どういう字を書くの？」

「勇猛の猛に、動物の虎です」

「猛虎《もうこ》…お父さん、タイガースファン？」

「よく聞かれますけど、違います。逆に野球はほとんど見ないから、人に言われるまで気がつかなかったみたいで」

「そうなんだ。それにしても、そんなに細っこい体で、ゴツイ名前だね～。オレより細くない？　細いっていうより、薄い？」

「藤堂くんは、あまり食に興味がないらしいんだよね。だからこそ七生くんには、ここにいる間、しっかり食べさせてほしい」

「任せてください。肉食べさせよう、肉」

中丸と同じようなことを言う七生に、猛虎は困った顔をする。

「肉……」

「そりゃ、元気をつけるにはやっぱり肉だよね～」

「肉なら、俺たちも大歓迎です。ビーフシチュー食いたい」

「俺、チキンのスパイシー焼き」

「ボクは、豚の角煮を希望します」

他のアシスタントたちは、次から次へとリクエストをしていく。

「藤堂くんは…うーん…藤堂くんって、可愛くない。たけちゃん？　違うなぁ…トラちゃん。あ、しっくりくる。トラちゃん、好き嫌いある？」

「トラちゃん……」

むむっと眉間に皺を寄せる猛虎をよそに、みんなうんうんと同意した。

「確かに、猛虎っていうよりはトラちゃんだよね」

「トラちゃんか…可愛いね。ボクもそう呼ぼうかな」

「中丸さんまで……」

「じゃあ、トラちゃんで決まりっていうことで。好き嫌いがないなら適当に作るけど、あるなら言ってもらわないと。あと、リクエストもね」

「ええっと…特に好き嫌いはないので、なんでも食べます。……あ、でも、パクチーは苦手です」

「パクチーなんて、使ったことないから大丈夫。リクエストは？」

七生にリクエストを聞かれてても、いきなりなので猛虎は困ってしまう。

「すぐには思いつかないので……」

「じゃあ、米田さんたちのリクエストのまま作っちゃうよ。修羅場前になると、しっかりメールがくるんだから」

「ちゃんとアピールしないと、御木本くんと高野くんに負けるからね」

「米田さんは奥さんがいるでしょ。俺たちは、侘《わび》しい独り身なんですよ。こっちに譲ってください」

「うちの妻は、和食があまり得意じゃないんだよ。というか、料理自体、わりと苦手なんだ。キミたちは食べたいものがあったら外食すればいいだろうけど、ボクはそうはいかないんだからね」

「おおっ、米田さん、すごい。見事な切り替えし。ディベートの勉強になるなぁ」

「ボクは大学時代、弁論部だったから」

「ここにも、異色の経歴の人が……。絵描きと弁論部って、かけ離れた感じ」

「そう？　理屈っぽいところは似てると思うけど。オタクは理論好き、多いよね」

「へ～」

この中で唯一漫画ともオタクとも縁のない生活を送ってきた七生は、その説に感心した。

「トラちゃんも、理屈っぽい？　見た目はガッツリオタクだけど」

「ええっと…どうでしょう。絵を描く人の知り合いがいないので、分かりません」

その答えに七生たちが不思議そうな顔をしていると、中丸が代わって答えてくれる。

「トラちゃんは、漫研とかサークルに入ったことがないんだって。漫画を描くっていうよりはメカ類を描くのが好きで、一人で描いていたらしいよ」

「それって、助かります。メインで車とか描いてる御木本さんが、あまり入れなくなるからなぁ。デビュー、うまくいくといいですね」

「あー…がんばってみるけど、どうだろう。ロッキーは、競争が激しいからなぁ」

大丈夫大丈夫と励まされる御木本は、少年ロッキーでデビューするらしい。

デビュー作がうまくいけば連載をもらえるし、ダメならまたアシスタント生活に逆戻りだ。

プロアシスタントという言葉もあるくらいだから生活はできるのだろうが、漫画家になりたい人間にとってデビューは何よりも大切なものだ。

御木本が気負っているのが猛虎にも分かり、大変そうだなぁと思いながらケーキを食べるのだった。

小一時間ほどで休憩は終わり、中丸は米田から原稿の進捗具合を聞いてから挨拶をして帰っていった。

後片付けは七生に任せ、猛虎たちは仕事部屋へと向かう。

場所や人が変わっても、基本的にやることは同じだ。米田が猛虎に指示を与えて、猛虎はその指示どおり携帯電話や車などを描いていく。

最初の一コマは見せてほしいというのも佐野のときと同じで、戸惑うことなく仕事に入れた。まだアシスタントが入って二日目ということだったが、人物はかなりたくさんペン入れがしてあった。

高弘は一番奥の席で早くも手を動かしていて、どんどんコマが埋まっている。

きちんとペンが入っているから猛虎も描きやすく、米田のＯＫをもらって順調に仕事を進めていった。

「トラちゃん、お茶は～？　ちゃんと水分を取らなきゃダメだよ。カップ、空じゃん。俺、入れてあげるよ。コーヒーとお茶、どっちがいい？」

猛虎の隣の席の高野が、お茶のお代わりに立った際に猛虎のカップが空になっていることに気がついたらしい。

「すみません。それじゃ、お茶をお願いします」

「はいよ。変な遠慮すると、七生くんに叱られるよ。ちゃんと体調管理しろって。コーヒーばっかり飲んでも怒られるけどね」

定期的にポットの中身を補充するから、減った量もチェックしているとのことだった。

「七生くん、見てのとおり美少年だけど性格は世話焼きオカンだからさ」

高野は笑ってそう言うと、お茶を注いだカップを机の上に置いてくれた。

「ありがとうございます」

「どういたしまして。トラちゃんは、本当におとなしいなぁ」

「……………」

やっぱりトラちゃんで決まりですか…というツッコミは、声になることはない。

そんな呼び方をされるのは初めてだから戸惑ったが、嫌なわけではなかった。

「今日の夕食、何かな〜。誰か、聞いてます？」

「聞いてない」

「ボクも。ビーフシチューはないな。あれ、煮込むの半日がかりだって言ってたし」

「じゃあ、俺のリクエストのスパイシーチキンかも」

「いやいや、ボクのリクエストの角煮でしょう。スーパーの特売しだい？　七生くんはしっかりしてるから」

「豚バラもチキンも、わりと特売になりやすいから、どっちも可能性はありますよね。昨日の夜は米田さんのリクエストのちらし寿司だったんだから、二日連続っていうことはないでしょ」

「俺のビーフシチューだって、まだ可能性あるし！　二階で朝からコトコト煮てるかも」

「今日の午前中は大学に行ってたから、絶対にないです。可能性があるのは七生くんが休みの日だけだから、今回はもう諦めたほうがいいですね〜」

「リクエストしたの、ここに来る前の日だったからぁ。遅かったか……」

「買い物の都合があるらしいから。俺なんて、三日前にはちゃんとメール送ってますよ。あぁ、早く大学なんて卒業して、専属のメシスタントになってくれないかな。そうしたら、昼も温かいのを食わせてもらえるのに」

「それは言えてるね〜。リクエストも聞いてもらいやすくなるし。まだ一年生か……」

「先は長いなぁ」

　三人とも普通に喋っているが、手はしっかり動いている。

「そういや、トラちゃんって何歳？　高校卒業したばっかりとか？」

「えっ…いえ、春に大学を卒業しました。就職できなかったので、フリーターです」

「えっ、じゃあ、二十二歳？　見えないね〜。七生くんも、あれ、絶対自分と同じくらいだと思ってるよ」

「完全タメ口だもんな。トラちゃん呼びだし。下手したら、年下と思ってるかも」

「中丸さんが世話してあげてって言ったからじゃないですか？　オカン系にあれ言ったら、自分の庇護下《ひごか》に置くに決まってるし。俺も隣の席なんだから、ちゃんと気を配ってあげるように言われましたよ」

「オカンだね～」

「美少年なのに……」

彼らの話を聞いていると、七生の人となりが分かってくる。

すでに三日目だったという甲斐のアシスタントたちとは違って疲弊《ひへい》していないし、和気藹々《わきあいあい》と楽しそうだった。

猛虎は自分に話を振られたときだけ発言をして、あとは会話を聞きながら絵を描くことに専念する。

そんなふうに集中していると、ふと、どこからか小さなアラーム音が聞こえてくる。

「おっと、七時五分前だ。みんな、キリのいいところでキッチンに行くようにね」

「は～い」

どうやら夕食の時間を告げるものらしい。

猛虎は集中して時計を気にしていなかったので、もうそんな時間かと驚いた。

「よし、終わり。トラちゃん、どう?」

「あと少しです。この線を描いたら……終わりました」

「うん、じゃあ、行こう。洗面所で手を洗ってからね。こっち、こっち」

面倒見のいい高野に先導されるままついていって、綺麗な洗面所で手を洗う。

「そこが、風呂ね。タオルはこの棚の中。使い終わったのは、このランドリーバッグに入れる。入浴剤はその日一番目に入ることになった人間が決めることになるから、タイミングがいいといいな」

ついでに入浴剤の場所や、シャワーの使い方などを教わる。

それから先ほどケーキを食べたキッチンに行き、席に座った。

「やった！　俺のスパイシーチキンだ」

「今日、鶏のモモ肉が特売だったんだよ」

「七生くん、倹約家《けんやくか》だからね～。先生、金持ちなのに」

「だからって、特売を無視していいわけじゃないし。安かった、得だったと思うと、料理にも気合が入るから」

誰のリクエストを聞くかは、スーパーの特売しだいだ。

そんなことを話しているうちに、他の三人も次々姿を現した。

全員揃ったところでいただきますをして、それぞれ食べ始める。

「辛い！　旨い！　俺、これ大好きだ～」

「この前、もうちょっと辛くってリクエストがあったから、青唐辛子《あおとうがらし》を少しだけ加えてみた。さすがに辛いなぁ。……あ、トラちゃん、辛いの平気？」

「得意じゃないけど、これは美味しいです。でも、辛い……」

「そういやトラちゃん、二十二歳だってよ。七生くんより、四つも年上」

「うそっ。オレ、てっきり同じ年くらいだと思ってた。……でも、まぁ、いいか。トラちゃんもそれでいい？」

「はい」

年下といっても、七生に逆らえる気がしない。

とても綺麗で可愛らしい顔をしているが、どう見ても七生のほうが猛虎より立場が上だった。

「七生くん、ボクの角煮は？」

「豚ブロックは特売じゃなかったので。その代わりミンチが安かったから、明日は餃子《ギョウザ》です。好きでしょう？」

「やった！　餃子、大好き」

「餃子か～。七生くんのは美味しいんだよね。海老《えび》のと、二種類作ってくれる？」

「大丈夫、ちゃんと海老も買ってきました。冷凍食品がポイント十倍だったので」

「し、主婦……」

皆が七生をオカンと言っていたのには、面倒見がいいだけでなくこんなところにもあるのだろうと感心する猛虎だった。

「スーパーに、俺らの食事の明暗が決められてる…十倍ポイントじゃなかったら、海老餃子はなし？」

「うう～ん…海老の冷凍物は安くならないから、定価でポイントそのままじゃ、オレに買う勇気があるかなぁ」

「そこは、勇気を出して！　食費もたっぷりもらってるんじゃないの？」

「もらってるけど、これは金額じゃなくて、心の問題だから」

きっぱりと答える七生に、全員が逆らえないものを感じる。

「もう、体に染みついてるんだよ。そりゃあ、どうしても必要なものだったら多少高くても買うけど、大抵の食材は代わりがきくから。海老が高いな～と思ったら、イカにしちゃうとかね」

「それはそれで、旨そうだな。イカ餃子か…いいかも」

「悪くないね。今度、それも作ってほしいなぁ。とろけるチーズとかはどうだろう？」

「それなら冷蔵庫にあるから、入れてみてもいいかも」

「じゃあ、普通の餃子をたくさんと、海老、チーズ…俺、海老を五つとチーズを三つって感じかな」

「ボクもそれくらいで」

「俺も、それくらいいかな～。チーズ、食べてみないと好みかどうか分からないし」

「トラちゃんは？　いくつくらい食べる？」

話を振られて、猛虎は少し考える。

「普通のもあるんですよね？　ボクはあんまりたくさん食べられないので、海老を三つとチーズを一つでお願いします」

「おや、普通。この人たちが食べすぎなんだよね？　餃子とか、一人二十個くらい食べるんだよ。それで、ご飯もお代わりするなんて信じられない。座りっぱなしの仕事だし、どう考えても食べ過ぎな気がする」

「七生くんの餃子は、たくさん食っても胸やけしないいんだよな〜。餃子屋だとたまに、胃もたれしたりするんだけど」

「キャベツ、たくさん入れてるからね〜」

そんな食談義に花を咲かせながらも、せっせと箸を動かしている。お代わりをしたいものは立ち上がって、自分でご飯や味噌汁をよそっていた。

「トラちゃん、お代わりは？　遠慮しちゃダメだよ。細っこいんだから、たくさん食べないと」

「あ…お味噌汁、もらいます」

「はい、どうぞ。ご飯はいいの？」

「普段からそんなに食べないので。でもお味噌汁は久しぶりだし、これ、すごく美味しい」

「七生くんの味噌汁は、いつも野菜たっぷりだよな。今日のは大根と卵か…俺、これ、好きだ」

「一日中、暗い部屋に籠もりきりの不健康な生活をしてるんだから、せめて野菜をたくさん食べさせようと思って」

サラダは一人分ずつ用意されているし、スパイシーチキンにも温野菜の付け合わせがある。チキンのソースをたっぷりかけられているから、それを付けて食べると美味しかった。見たとき、猛虎には量が多いと思ったが、自分で思っている以上に食が進んだ。味噌汁を思わずお代わりしてしまったのは、こんなふうな家庭料理が本当に久しぶりだったからだ。

猛虎が最後に実家に戻ったのは二年前。

髪を切れ、キビキビ動け、しゃっきりしろと両親に口うるさく言われるから、敬遠しがちである。

それに弟が猛虎とは正反対のタイプで、両親の期待はそちらのほうに向いていて、帰ってこいと言われることもなく気楽だ。食にあまり重きを置いていないおかげでコンビニや冷凍食品、レトルトでも全然困らない。

けれどこうして手料理を食べてみると、やっぱり美味しいな～としみじみ思うのだ。

「七生くん、料理上手」

みんなが七生くんと言っているから、猛虎もそれに倣《なら》う。

「うち、母子家庭だもん。母さん看護師で、仕事大変だし。少しずつ手伝い始めて、自分でも作れるようになって…そうなるとオレみたいな性格は、突き詰めたくなるんだよね。より安く、お得に、美味しく…って。ゲームみたいな感覚？」

「はぁ……」

猛虎にはまったく理解できない感覚だ。

「トラちゃんがメカ類を描くのが好きなのは、機械類が好きだからだろ？　オレも同じ。料理、好きなんだよね、きっと」

「な、なるほど……」

「たまに会心の出来って思ったり、今回のはちょっと…って思ったりするのも同じかな？　たぶん、機械で作るみたいに一定の味しかできなかったら、料理を作るの、面白くなくなるかも。やっぱり、驚きとかないと」

「なるほど〜」

ますます納得がいって、猛虎は七生をすごいと称賛の眼差しで見つめる。

「それに、リクエストされるとやりがいがあるから、食べたいものを思いついたら言って。スーパーの特売しだいで作るから」

「はいっ」

七生は猛虎より年下なのに、完全に格上として見ている猛虎だった。

夕食のあとはまた仕事に戻り、キリのいいものから順に風呂に入っていく。

御木本と高野が入ったあと、猛虎も今日はこれでお終いだから、風呂に入って眠ってくれと言われた。

この家は、どこもかしこもピカピカだ。まだ比較的新しいというだけでなく、洗面所も浴室もとても清潔である。

一番最初に入った御木本の好みらしい入浴剤には甘さと清涼感があり、いかにも高級品そうだな～という香りだった。

猛虎は久しぶりにゆっくり湯船に浸かって、体のコリを解す。

髪を乾かしてから眠りに行った客間でも、二つ並んだベッドのどちらもフカフカで、シーツは洗濯したてという感じである。それに他の人間の匂いもついていない。

「ああ、嬉しい……」

甲斐の家のときの教訓からタオルを持参してきていた猛虎は、必要なかったかもと思いながらそれを枕の上に載せて毛布の中に潜り込む。

ご飯は美味しいし、寝具も気持ちいい。たくさん絵を描いて褒めてもらえたし、いい一日だったな～と思いながら眠りに落ちた。

★　★　★

アラーム音で目が覚めたとき、猛虎の頭はスッキリしていた。初めて泊まる家なのに、今回はちゃんと熟睡できたらしい。

猛虎は着替えて洗面所で身だしなみを整え、仕事部屋に向かう。

「あの…おはようございます」

「あ〜、おはよう」

「はよっす」

「おはよう。もうすぐ朝食だけど、それを食べたらボクは少し眠らせてもらうから。寝てる間の仕事は用意しておいたけど、もしなくなっちゃったら御木本くんに聞いてくれる？」

「はい」

「それじゃ、まずはこれから……」

猛虎がもらった睡眠時間は、入浴も含めて八時間だ。米田も同じくらいだろうから、渡されたリストもかなりの長さがあった。

猛虎が原稿用紙をずっと抱え込むわけにはいかないので、誰も取りかかっていない原稿用紙からリストの中のものを探すのだ。

週刊誌の連載はだいたい二十ページくらいで、高弘は二週分まとめてやるから四十ページ。

それが今回は増ページということで、五十二ページだ。確かに助っ人が必要だろうなという枚数だった。

猛虎が自分の仕事に取りかかってしばらくすると、朝食の五分前を知らせるアラームが鳴る。

「あ～、ご飯だ。腹減った」

「今日は何かな～」

高野たちは楽しそうにそんなことを話しながら、それぞれキリのいいところまで終わらせる。

猛虎も携帯電話を描き終わると、席を立って手を洗いに行った。

キッチンに行くと甘い匂いが充満していて、テーブルの上には大量のパンケーキが用意されていた。

「おはよ～。座って、座って」

「はーい」

それぞれの席には空の皿が一枚と、オムレツやベーコン、温野菜などが載った皿が一枚。中央にはいろいろな種類のジャムとホイップクリームの缶が置かれていた。

それにコーヒーのポットと紅茶のポット、牛乳も置かれている。

みんなそれぞれ自分のカップに注いでいるので、猛虎もコーヒーを牛乳で割った。パンケーキも自分の好きな枚数を皿に取っていて、二枚ほどもらった。

「いただきます」

「いただきま～す」

メープルシロップをかけて、パンケーキを食べる。

「しっとりふわふわ……」

「七生くんのパンケーキ、旨いだろ？　ジャムとかホイップクリームもあるから、かけてみなよ。これを、しょっぱいベーコンやソーセージなんかと一緒に食うのが、また♡」

猛虎がパンケーキを食べるのは、五、六年ぶりくらいだ。自分で注文して食べようと思ったことはないし、メニューを見ていても量が多いからと断念していた。

しかしこうして食べてみると、美味しいものだなと思う。それにジャムが何種類も用意されているので、いろいろ試してみるのも楽しい。

「このジャムは、みんなが買ってきたんだよ。主に御木本さんと高野さんだけど、ライムのは米田さんだっけ？」

「そうそう。ボクは、ライムのこの酸味が好きでね。レモンじゃダメなんだよ、ライムじゃなきゃ」

「はいはい。おかげですごく種類が増えちゃって。まぁ、この人たちがもりもり消費してくれるから、ダメになる前になくなって助かるけど。他のおかずもあるし、普通、パンケーキって二枚も食べれば充分だよねぇ？」

「はい」

猛虎はコクコクと頷く。

実際、一枚を食べ終えた今、なかなかのボリュームだな…と思っている。

「昨日は、フレンチトーストだったんだよな～。俺たちのリクエスト。トラちゃん、どうせなら初日から来なよ」

うんうんと頷いた後、御木本が悲しい声で言う。

「ああ～俺、しばらく七生くんの料理食えなくなるのか～。デビュー作、がんばるけど…すごいがんばるつもりだけど…ここでのアシ生活も悪くないとか思ったり……」

「ダメじゃん。ご飯なんていつでも食べさせてあげるから、がんばりなよ。……あ、いつでもはダメか。御木本さん、すごい食べるから、事前に電話をもらわないと困るけど」

「えっ、マジ？　リクエストとかＯＫ？」

「そうだなぁ…前日までに三つから五つくらいリクエストをもらえたら、スーパーの特売と相談して応じるよ。ビーフシチューは煮込む時間がかかるから、作るときにメールする。時間がなければ取りにだけ来れば？」

「ああ～っ。ありがとうございます、七生様！　一生ついていきますっ」

「はいはい。ここの人たちは、みんな餌に弱いね～」

「この家の主、完全に七生くんだもんね。胃袋を握られてると、頭が上がらないものなんだなぁ」

ハキハキしていて元気な七生に比べると、高弘はおとなしい。

長身でガッシリしていてハンサムという、あまり猛虎の中の漫画家とはイメージが合致しない人なのだが、とても無口で覇気がなかった。

猛虎のそんな視線に気がついたのか、七生が笑って言う。

「宗弘さんは、これからに備えて省エネモードなんだよ。いつもより話さないのは、増ページのせいかな？　やっぱりプレッシャーみたいで。漫画家ってホント、大変だな〜って思うよ。徹夜もだけど、一日中机の前に座ってるのって、オレにはすごいストレス」

「それがストレスにならない人間が、漫画家になるんだよ。俺には、満員電車と会社での人間関係のほうがつらいな」

「えっ、でも、人間関係はどこにだってあるし。ここにだってあるよね？」

「それでも、アシスタントの場合は、嫌なら二回目は断ればいい話だし。そこそこ描けて東京に住んでれば、結構仕事先はあるからなぁ。会社と違って辞めるのも入るのも大変ってわけじゃないし」

「まぁ、そうか……。東京はいろいろ便利だよね」

「健康ならなんとかなる…とは思うかな。アシスタントじゃなくてもバイト先はたくさんあるし、時給もいいし」

それには猛虎も頷く。実際、アルバイトを二つほど掛け持ちしてなんとかなってきたのである。

地元と違って干渉される煩しさもないし、とても楽だが少し寂しい街だとも思う。そんな生活を四年も続けてきた猛虎にとって、七生のオカン気質は嬉しく感じられた。


朝食のあとで米田は風呂と睡眠に行き、しばらくすると高弘も少し寝ると言って二階に上がっていった。

七生は大学らしい。残った三人で集中して仕事をしているとまず高弘が戻ってきて、四人で七生が用意してくれた昼食を食べる。

「やった、グラタン！　これ、俺のリクエスト。今回、俺の実現率が高い！」

「七生くん、ずるいっ。俺のビーフシチューとオムライスとカレーは⁉」

高野は喜び、御木本はブーブー文句を言う。それでもグラタンが嫌いなわけではないから、食べ始めればご機嫌だ。

昼食が終わり、シンクで皿を水に浸して仕事に戻ると、しばらくして米田も起きてきた。

七生の仕事をチェックして指示を出してから昼食を食べに行って、戻ってからはまたひたすら仕事の時間が過ぎる。

喋るのはやはり、主に御木本と高野だ。最近の漫画やアニメ、ドラマ、歌番組まで、ひっきりなしに話しながらも手はずっと動き続けている。

ときには米田もそれに加わり、猛虎にも話を振られる。

漫画はともかくアニメは見ない猛虎だが、バラエティやドラマは見るので話に加われることもある。

適度な距離感を保った穏やかな仕事場で、なんとも居心地がよかった。

そんなふうにして仕事をしていると、玄関のほうから扉を開ける気配とショッピングバッグを運び込む音がする。

七生が帰ってきたのかな…と思っていたら、しばらくしてポットの中身の補充に現れた。

「そろそろ温かいお茶があったほうがいいかなぁ。トラちゃんは温かいのと冷たいの、どっちが好き?」

「ボクは、温かいのがあると嬉しいです」

「俺は、冬でも冷たい飲み物が飲みたい派なんだけど。特にご飯のときとか」

「若い人はそうかもしれないけど、ボクも温かいのが欲しいなぁ」

米田も参戦してきて、七生は考え込んでいる。

「うーん…じゃあ、ポットを一個増やすか。温かいからっていう理由でコーヒーばっかり飲んでたら体に悪いし」

「お願いします。番茶かほうじ茶がいいな～」

「はいはい」

米田のリクエストに笑って頷いて、七生はポケットの中に手を入れる。

「あ、そうだ。トラちゃん、これ」

そう言いながらピンで猛虎の前髪をパチンと留めた。右と左、両方だ。

前髪が上げられて露わになった顔をマジマジと見つめ、感心したように言う。

「トラちゃん、可愛い顔してるね～。だから前髪、伸ばしてるの？」

思わずコクコクと頷くと、納得したとばかり同調してくれる。

「分かる、分かる。女の子みたいって言われるの、嫌なんだよね？　オレも小さい頃、さんざん言われたな～」

「七生くん、今でも美少年顔だもんな。トラちゃんは…乙女顔？　七生くんとは全然違うタイプの可愛さだ」

「ホント、可愛い。嬉しい驚きだなぁ。男ばっかりの仕事場だから、やっぱりムサイのが増えるより、可愛いほうがいいし」

「うんうん。せめてもの癒しだよね」

すでに七生という美少年がいるせいか、みんな気負うことなく猛虎の顔を受け入れてくれる。

おかしな雰囲気にならずに歓迎してもらえたのはありがたかった。

前髪は上げたほうが作業がしやすいし、ここでは気にしなくていいんだとピンをそのままで仕事を続けた。

集中しているとインターホンが鳴って、一番後輩の自分が出るべきかと猛虎が腰を上げると高野に「七生くんが出てくれるから大丈夫」と言われる。

そうか、大丈夫なのか…と意識を原稿に戻すと、高弘の机にあるスピーカーから「中丸さんが差し入れを持ってきてくれたよ～」と声がかかる。

「あー…じゃあみんな、キリのいいところで手を止めて」

「はーい」

猛虎はちょうどたくさんある街灯の二つ目に取りかかったところなので、少し時間がかかった。

みんな次々に席を立っていくのに、最後になってしまった。

洗面所で手を洗ってキッチンに行くと、みんなもう座って喋っていた。

「遅くなってすみません」

「大丈夫。コーヒーと紅茶、どっちにする？」

「紅茶でお願いします」

「ＯＫ」

猛虎が席に座ると、隣の中丸が猛虎の前髪を留めたピンをツンツンとつきながら笑う。

「可愛くしてもらったね」

「七生くんが……」

「だってトラちゃん、前髪長すぎだし。見てて鬱陶《うっとう》しかったんだよ。スッキリ切っちゃえばいいのに」

その言葉に、猛虎は慌ててプルプルと首を横に振る。

この長い前髪とメガネは、盾なのだ。この二つが揃っていると見下されやすいが、変にちやほやされたり女の子みたいだとからかわれたりするよりはずっといい。

何よりも、気持ちの悪い男が寄ってこないのがありがたかった。

「可愛い顔をしていると、それはそれで大変なんだよ、きっと。みんながみんな、七生くんみたいに強いわけじゃないから」

「そうそう。中丸さんの言うとおり。女の子で可愛いのは武器になるけど、男で可愛いとなるといろいろ面倒くさい気がする」

「使い方しだいで、男でも充分武器になるんだけどね～。まぁ、いいや。ケーキ食べよう。いただきます」

「いただきま～す」

手を合わせてみんなでいただきますをして、フォークを手に取る。

「わぁ、このマロン、美味しい。渋皮入りのせいか、栗感が強いな～」

「大人マロンだな。旨いっ。さすが中丸さん。これも有名店のですか？」

「食べ物系のムックを作ってる編集者の、お勧めリストにあった一つだよ。ボクもこうして一緒に食べられて嬉しいなぁ。一個だけ買うのって、申し訳なくて」

「ああ、ケーキ一個って買いづらいですよね〜」

猛虎も甘いものが嫌いではないから、男が一人でケーキ屋に入って、一個だけ買う難しさは分かっている。

うんうんと頷いていると、中丸が話しかけてくる。

「トラちゃんは、ここの仕事、慣れた？」

「はい。ご飯美味しくて、タオルも布団もフカフカで、すごく居心地がいいです。自分の部屋以外で、初めて熟睡しました」

「それはよかった。ここなら、トラちゃんでも大丈夫だと思ったんだ。何しろ、七生くんがいるから。馴染んでいるようで安心したよ」

中丸は髪を留めるピンが気に入ったのか、話しながらまたツンツンとつついてくる。

「トラちゃん、手、早いですよ。バスでもタクシーでも、サササッと描いちゃうし」

「ああ、すごく早いね。おかげで助かってる。考えていたよりたくさん描いてもらっているから、指示を出すのが忙しいけど。描くだけでいうなら、御木本くんより早いよ」

「うっ…デビュー失敗したときの、俺の帰る場所が……」

「そんなこと、考えない、考えない。面白い漫画を描くぞ〜ってことだけ考えなよ」

「……面白いって、何？　どういうもの？」

「うっ…深遠なテーマ。これは、プロの編集者である中丸さんに答えてもらわないと……」

「いや、そんなのボクにも分からないよ。漫画って不思議なんだよねぇ。持ち込みや賞に応募してきた作品を読んでいても、どうしてこれが面白くないんだろうって首を捻《ひね》るのがあるんだよ。絵がうまくて、キャラもストーリーも悪くないのに、なぜか面白くない不思議な作品。こなれてうまいだけにどこをどう直してもらえばいいかも分からず、編集部全員でなんでだろうって議論になったりしてね。結論としては、絵のうまい下手より、作品の勢いや個性が大事ってことかな」

「勢いと個性……」

「そう。あとは、描きたいものを描くっていうこと。狙い目だからとか、売れ線だからと描くと、それが漫画に出たりするからね。人に見せるための視点や修正はボクたち編集者の仕事だから、作家さんはとにかく鼻息荒く描きたいものを描いてほしいな」

「が、がんばります」

「うん。変に考えすぎないようにね」

「はいっ」

猛虎は会話を聞きながら勉強になるなぁと思いつつも、勢いと個性は自分にはあまりないものだと思ってしまう。

どちらも猛虎が苦手としているものだ。

好きな絵で生活していけたらいいな…という希望はあっても、どうしても漫画家になりたいという強い思いはない。

それに実際に持ち込み用の漫画を描いていたときも、面白いとか楽しいとは思わなかった。

中丸に指摘されたとおり、主役が乗るバイクを描きたいがためにストーリーを捻りだしたという感じだ。

そんなことをいろいろと考えていると、どうも自分は漫画家に向いていないのではないだろうか…という結論に至る。

「……トラ…ちゃん…トラちゃん……」

自分の考えに浸ってぼんやりしていた猛虎は、しばらく呼びかけられていることに気がつかなかった。

「あ、はい…すみません、ボーッとしてました」

「疲れてる？　大丈夫？」

甲斐の家で倒れてしまったせいか、中丸はひどく心配してくれる。

猛虎は「大丈夫です」とコクコクと頷き、慌てて言った。

「ちゃんと食べて寝ているので、疲れてはいません。ただ…御木本さんの話を聞いていて、考えてしまって」

「何を?」

「ボク、漫画家に向いていないかな…って。メカ類を描くのは大好きですけど、漫画を描くのが好きというわけじゃないし…ボクが描きたいのは『絵』であって、『漫画』じゃないみたいです」

「ああ、うん、それは見ていて分かるよ。あれだけバイクを格好よく描けるんだから、やり方しだいでいけるんじゃないかと思うけど、向いているかどうかで言ったら、あまり向いていないかなぁ。でもトラちゃんは、絵で食べていきたいんだよね?」

「コンビニやファミレスも、向いているとは言えないので。こんなふうに車とかいろいろ描かせてもらって生活できるほうが嬉しいです」

「佐野さんからも米田さんからも有能だと聞いているから、プロアシスタントとして充分食べていけるとは思うけど。それでいいの?」

「ストーリーを考えるの、すごく大変だったので。コンビニをクビになって切羽詰まっていたからがんばりましたけど…なんだかいろいろ考え過ぎるというか…あのプレッシャーに耐えられる気がしません。ボクにはつらい作業でした」

「そうか…純粋にメカ類を描くのだけが好きなわけか……」

「はい。実際に漫画を描いてみたり、アシスタントに来させてもらったりして、気がつきました。自分で漫画を描くより、アシスタントでメカ類ばっかり描かせてもらうほうが楽しいんです」

「なるほどね…じゃあ、しばらくアシスタントやカットの仕事で食べて、将来的には宗弘…高弘先生の会社に入れてもらう？」

「会社？」

「そういう予定があるんだよ。節税になるし。ただ、七生くんの準備が整いしだいだから、何年後になるかは分からないけどね。七生くん、勉強のほうは進んでる？」

「まぁ、それなりに。簿記やら会計やら、大変ですけど。受験勉強の余韻が消えないうちでよかったなぁ。実生活で使いもしない大量の数式を覚えたことを考えれば、楽なものなんで」

「さすが七生くん…氷田さん、トラちゃんを社員にどうですか？」

何も言えない猛虎に代わり、中丸がすかさず聞いてくれる。

「うちとしてはとてもありがたいです。トラちゃんの技術は、本当に大したものですよ。うまいし、早いし、ちゃんと先生の絵に合わせてくれますから。それに、仕事場のむさ苦しさが減るし」

その言葉に、御木本と高野もうんうんと頷く。

「あー、それ、結構重要。小さくて可愛いのがいてくれるだけで癒されますもん」

「そっかー。トラちゃん、社員になるのか。オレもそのうち決断しなきゃなぁ」

「まぁ、まだ先の話だからね。二、三年後には、キミたちの行く道も決まっているかもしれないし。特に御木本くんは、ここ一、二年が勝負だから」

「うう…がんばります……。ダメだったらプロアシスタントになるので、先生に雇ってもらおう……」

「いやいや、がんばりなよ。御木本くんうまいし、うちの読者に好かれるタイプの絵だから大丈夫。あとは内田《うちだ》くんと相談して、キャラとストーリーを練り込んで、いいものを描くだけだよ」

「それが難しいんですけど…人生が変わるかもと思うと、考えすぎちゃって」

「準備期間がたっぷりあると、悩んじゃうのかな？　まぁ、御木本くんも真面目な性格だしね。宗弘みたいに、描いた、載った、連載した…っていう流れのほうが、変に考えすぎなくてすむんだろうけど」

「先生みたいに大学在学中に受賞してそのまま人気作家なんて人は、ごく稀《まれ》ですよ、稀。そういや先生の受賞作は、絵はそんなにうまくなかったけど、勢いがあって面白かった……」

「当時の編集長に聞いたけど、全員一致でこれは伸びるって受賞を決めたらしいよ。絵は、描いていけばうまくなっていくしね」

「勢いと、面白さか……」

またそこに戻って、御木本はふうっと溜め息を漏らす。

高野はバクバクとケーキを食べながら肩を竦《すく》めた。

「いや、もう、デビューって大変っすね～。俺は、同人誌でワイワイ楽しくやってるほうが性に合ってるなぁ。そもそもパロ好きのキャラ萌えだし」

「同じように宗弘さんのところでアシスタントをしていても、ずいぶん違うんだね。……そうすると、御木本さんは漫画家志望で、高野さんとトラちゃんはプロのアシスタント志望ってこと？」

「トラちゃんに関しては、イラストレーターという道もあると思う。今は先生の絵に合わせたものを描いているんだろうけど、彼の描く車やバイクは本当に格好いいんだよ。なんというか、優美でね。戦車やモンスタートラックでさえ、ゴツいだけじゃなくスタイリッシュに見せるんだから、大したものだと思うよ」

「えー。中丸さんがそんなふうに言うなんて珍しい。トラちゃん、今度、絵、見せて」

「俺も見たい！　中丸さんがベタ褒めしたんなら、格好いいんだろうな～」

「ええっと…じゃあ、今度、持ってきます。……今度、ありますか？」

仕事を取り仕切っているのは米田だから、猛虎は米田にうかがいを立てる。

「うちとしては、ぜひ。御木本くんとトラちゃんが揃っているうちに、コミック人のほうも進めちゃいたいし。トラちゃんがうちに定期的に来てくれると嬉しいなぁ。高弘先生はいかがですか？」

「あー…米田くんがいいなら、俺に異存はないよ。七生くんも気に入ってるみたいだし」

「トラちゃん、可愛いもん。オレとしても、どうせ世話するなら可愛いほうが嬉しい」

「どうせ俺たちはむさ苦しいですよ～」

「最近は、そうでもなくなってきたけどね。修羅場の最後のほうはやっぱり、むさ苦しくなるかなぁ。ポイントは、ヒゲ？　みんな揃って無精ヒゲになってくるから」

「疲れてくると、ヒゲを剃るのが面倒なんだよ。風呂は、凝りが解れるから入りたいんだけどさ」

「お風呂にさえ入ってくれれば、文句は言わないよ。ヒゲ面は実害ないけど、風呂なしは実害が出てくるから」

「……俺、七生くんが来てから、他の仕事場をちょっとつらく感じるんだ。部屋に男くささが染みついてるし、どこもホコリっぽいし。食事がデリバリーの連続なのもしんどい。いい環境を知って、我慢がきかなくなってきたかなぁ」

「分かる、分かる」

和気藹々と会話をしながらタルトを食べ終わると、中丸が猛虎に言う。

「トラちゃん、イラストのほうの仕事で話があるから、ちょっといいかな。ええっと…仮眠室を借りよう」

「はい」

中丸に促されて仮眠室に行き、ベッドをソファ代わりにして腰かける。

猛虎はワクワクしながら聞いた。

「バイクのイラスト、どっちにするか決まったんですか？」

「はいでもあるし、いいえでもあるかな。両方とも採用に決まったよ」

「え？　両方とも？」

「そう。クライアント側も決めかねたみたいでね。おまけにトラちゃんの絵に触発された若手社員が考えた、あのイラストを使った限定バイクを発売しようという企画書が通ったらしいよ」

「え？　え？」

「もちろんそのためには、実際にイラストを描いたトラちゃんの了承が必要なわけだけど…どうする？」

「どうするって…ボクの絵が、本物のバイクに使われるんですか？　本当に？　からかっているとかじゃなく？」

「からかっているわけじゃなく、本当の話だよ。大々的に特集を組んで、全国の販売所でも注文を受けて、予約台数だけの限定品にするらしい。今回の特集でトラちゃんのバイクの絵を使っての予告編、来月号は実際にカラーリングされた本物のバイクの大特集。編集長が思いがけない広告収入と大特集に、大喜びしてるよ。うち発信で、他を出し抜けるからね。今度、ぜひ会って、他の仕事も依頼したいってさ」

「うわぁ、すごく嬉しいです。バイクを描くの、大好きですから」

「うん、情熱がありありと出ているイラストだよね。やっぱりトラちゃんの進むべき道は、漫画よりもイラストという感じかな」

「ボクもそう思います。……けど、中丸さんは、少年ロッキーの編集者さんなんですよね？ ボクのこれって、仕事外……？ 他の人に交代…ですか？」

猛虎はビクビクしながら質問をする。

もともと人見知りをするタイプで、人付き合いも苦手だ。それなのに中丸にはすんなりと馴染むことができたからか、一緒にいるととても気が楽である。

肩肘張らず素直に頼れるし、中丸にはそれだけの信頼感がある。

これが他の人に替わると、また自分はガチガチに緊張してうまく話せないかもしれない。そう思うと、このままずっと中丸に担当してもらいたかった。

「ああ、それは大丈夫。確かにボクはロッキーの編集者だけど、構文社の社員でもあるわけだからね。トラちゃんのイラストなんかは構文社の仕事だし、問題ないよ。うちの編集部は、自分の仕事をちゃんとこなせば、空いている時間は他のことをしていてもうるさく言われないんだ」

「じゃあ、これからも中丸さんにお願いできるんですか？」

「そう。安心していいよ」

「よかった～。ありがとうございます」

「どういたしまして。メーカーとのギャラ交渉なんかは、ボクがしちゃっていい？」

「はい。そういうの苦手だし、お願いします」

「分かった。契約のときはさすがにトラちゃんにも来てもらわないといけないけど、それ以外ボクで処理できることはしちゃうから」

「ありがとうございます」

苦手な部分を全部肩代わりしてもらえると分かって、猛虎はホッとする。

「あ、でも…ボク、マネージメント料とかそういうの、中丸さんに払わなきゃいけない気がします」

「ああ、それ、いらないから。うちは、社員のアルバイトは禁止なんだよ。マネージメント料をもらうと、面倒くさいことになるんだよね。構文社の仕事とも関わっていることだし、気にしなくていいよ。社員として、すでに悪くない給料をもらっているからね。トラちゃんは一人暮らしなんだから、余裕ができたらしっかり貯金をしておいたほうがいい。何があるか分からないんだから」

「はい」

両親は健在だから体調を悪くしたら実家に戻るということもできるが、一度戻ってしまうと再度、東京に出るのが難しくなる。

それに地元はそれほどアルバイト先も多くないので、猛虎の見た目と性格ではなかなか難しいものがあった。ましてやアシスタントがしたいとなると、皆無だ。

やはりがんばって、東京で暮らしていきたいと思う。

今が楽しくて充実している猛虎は、まずは体調に気をつけること…と自分に言い聞かせるのだった。

高弘のところでのアシスタントは、二回、三回と回を重ねることに緊張しなくなっていった。

七生や高野がいろいろ話しかけてくれるので、猛虎も気負うことなく話に加われるようになった。

★
★
★

中丸がちょくちょく顔を出してくれるのが嬉しい。

高弘のことを時折宗弘と呼び捨てにする中丸は、高弘と大学からの友人なのだ。高弘の家もほとんど中丸が考えたと聞いて、猛虎は感心してしまった。

本当に多才な人だと思う。

例のバイクのイラストの契約のときも中丸が同行してくれて、メーカーの人との間に立ってくれた。

それで猛虎がもらったイラストの使用料はビックリするような額で、猛虎の貯金額がグンと増えたのが嬉しい驚きだ。

高弘のアシスタントの仕事は毎回入れてもらえることになったし、中丸もちょこちょこカットやイラストの仕事を回してくれるので、猛虎はファミリーレストランでのアルバイトを辞めて絵に専念することができるようになった。

アシスタント分の収入でその月の家賃と光熱費が払え、カットやイラストで食費が賄《まかな》える。

それに預金通帳に入っているバイクのイラスト使用料が、猛虎に安心感を与えてくれていた。

勇気を出して中丸に原稿の持ち込みをしてから、猛虎にとっては嬉しい出来事の連続である。

絵のことだけを考えていられる毎日はとても幸せで、中丸には感謝しかない。

ただ、今の猛虎の仕事は全部中丸が紹介してくれたものだから、中丸に依存してしまっているという自覚がある。

困ったとき、迷ったときはいつも中丸に頼っていて、鬱陶しく思われたらどうしよう…という不安はあった。

中丸はいつもニコニコしていて優しいが、それが大人ならではの対応ということだってありえるのだ。

中丸は、誰に対しても優しい。特に七生とは気心が知れているようで、いつも仲良く楽しそうだった。

七生は綺麗で明るくて面倒見がよくて、誰からも好かれる。まだ十代であの家の最年少にもかかわらず、家事を取り仕切って主夫として君臨していた。

七生もとても有能な人だから、中丸と話が合うのかもしれない。

二人とも猛虎にとってはなりたい自分、眩《まばゆ》い存在である。楽しそうに話している二人がとてもつり合っているように見える。でも、だからこそ猛虎の中にモヤモヤを生むのだ。

それに七生たちと話していて中丸の話題になったとき、とてもモテると聞いてもモヤモヤした。

なんでも以前は少女漫画誌の編集者をしていたのだが、女性の漫画家からのアプローチがやたらと多いうえに、自分の専属にしろと言って取り合いのような形になったりしたため、男ばかりの少年漫画のほうに転属になったらしい。

中丸の有能さに定評はあっても、相手が色恋を持ち出すと面倒なことになるようだ。

構文社のパーティーには女性漫画家たちも来るから、そのときはまた担当になってくれとまとわりつかれて大変そうだったと御木本が言っていた。

ハンサムでオシャレで優しい中丸がモテるのは当然だと思う反面、嫌だな……とも思う。

その嫌が何に起因するものか分からないまま、ただ漠然と嫌だと感じていた。

感情を突き詰めるのは苦手だ。自分に向けられる視線や感情は読み取りたくないものが多かったし、そこから派生する自分の感情も直視したくないものが多かった。

だから猛虎は、メカ類に逃げたのかもしれない。

工学的な美しい曲線やきっぱりとした直線。鋼鉄の冷たく輝く光を綺麗だと思う。

機械には感情がないから、猛虎も相手の反応を気にしたりしなくてすむ。機械と違って人間は、目に見えるものがすべてではないから怖いのだ。

にこやかに話していても、腹の中では自分を嫌っているかもしれないし、面倒くさいと思っているかもしれない。

そんなことを考えるだけで猛虎は疲れてしまい、あまり関わり合いになりたくないとも思う。ずっとそうやって生きてきた猛虎にとって、中丸は自ら関わりたいと思える貴重な人だ。その中丸との出会いから繋がりができた七生や高弘家の人たちも大切な存在だった。

中丸からの電話はたびたびあって、そのほとんどは仕事のことと、ちゃんと食べているかの確認だ。

しかしその日の中丸の電話は、ＭＩＴＡから新たに発売されるスポーツカーのイラストの仕事が取れるかもしれないというものだった。

イラストはポスターをはじめ、さまざまな広告に使われ、ノベルティグッズなども作る予定だという。

だが猛虎の他にもう一人候補がいて、そちらはすでに名前が知られているイラストレーターだ。かなりの広告費をかけて大々的にキャンペーンをするから、企業側もイラストレーター選びには慎重になっている。

たくさんのイラストレーターの名前が挙がった中、中丸に預けた車のイラストと、雑誌に載ったバイクのイラストが評価されて最後の二人に残ったらしい。

有名なイラストレーターと競合するには無名の猛虎は不利だったが、チャンスがないわけではない。落とすのはもったいないと思った人がいたからこそ、最後まで残っているのである。

仕事について詳しく聞くために、ＭＩＴＡの広報部部長と面接が決まったという。

さすがにＴシャツとジーンズという格好ではまずいだろうと、大学の入学式のために買った一張羅《いっちょうら》のスーツを引っ張り出した。

ろくに着ていないから新品同様のそれは、まだ成長することを見越して一回り大きなものを買ったのに、やはり少し大きいままだった。

「……全然成長してない」

ガッカリしながらも、とりあえずこれなら失礼には当たらないだろうと思う。

とりあえず虫食いの跡もないしとホッとしながらハンガーにかけておき、約束の日にそれを着込んだ。おぼつかない手つきでネクタイを結び、完了だ。

指定された駅で中丸と落ち合うと、そのままＭＩＴＡに行くのではなく美容院に連れていかれた。

「ど、どうして美容院に？」

「さすがに、長すぎる前髪は印象が悪いからね。ちょっとだけ切って、整えてもらおう。すっきりするよ」

「でも……」

「猛虎くん、普段、自分で切ってるだろう？　メーカーのお偉いさんは身だしなみをチェックしたりするから、ちゃんとしないと。プロの手でカットしてもらうと印象が変わるよ。……絵の実力じゃなく、見た目で落とされるなんて嫌じゃない？」

「……」

その言葉で猛虎も観念して、おとなしくなる。

促されて椅子に座ると、三十代半ばくらいの美容師が中丸に質問をする。

「それじゃ、ご希望は？」

「あまり顔を出したくないそうなので、前髪は長めに残してください。あとは清潔感が出るように、全体を梳《す》いて軽めに」

「分かりました」

猛虎はシャンプー台に連れていかれ、髪を濡らしてからカットされる。

シャキシャキと迷いなく切り落とされていき、みるみる足元に髪が溜まっていった。

その間にも予約客が入ってきて、飛び込みで入ってきた客は予約でいっぱいだからと追い返されている。

女性客が圧倒的に多いが、男性客もいないわけではなかった。中丸は入り口近くの椅子に座り、コーヒーを飲みながらヘアカタログを見ている。

女性ばかりのこの店でも、堂々としたものだ。

中丸は、どこにいても泰然としている気がする。猛虎のように、身の置き所がない落ち着かなさとは縁がないようである。

猛虎は今だって髪を切る邪魔にならないようにと緊張して固まり、鏡の中でなめらかに動く手をただ見つめているしかなかった。

「――こんな感じでいかがでしょうか？」

プロの手が入ると、さすがに違う。

スッキリとした髪型は猛虎によく似合っていて、もともと小作りな顔をより小さく見せていた。

「う〜ん……」

しかし猛虎は、短い前髪が気になって仕方ない。

短いといっても少し目にかかりそうな程度なのだが、猛虎の感覚では顔が丸見え…という感じである。

中丸が雑誌を置いてすぐ横にやってきて、鏡の中の猛虎を見つめる。

「うん、可愛い。加地《かじ》さん、さすがですね」

「ボクとしてはもっといろいろいじりたかったんですけどね。嫌味のない可愛らしい顔立ちだから、大胆な髪形でも似合うと思うんです」

「それは、性格的に難しいかな。今だって、前髪が短いって気にしているくらいだから。……

トラちゃん、大丈夫。よく似合っているよ。でも可愛すぎて不安だから、メガネは外さないようにね」

「はい。外すと、よく見えないし」

「視力、いくつ？」

「０．２か、３くらいです。測ったのはずいぶん前だから、もう少し悪くなっているかもしれません」

「じゃあ、うっかり外したままなんてことがなくていいね。……さて、まだ早いけど、行こうか。あそこは一階がショールームになっているから、トラちゃんなら楽しめると思うよ」

「はい」

カット代を払おうとレジに行くと、もう支払われているという。

「中丸さん、カット代、いくらですか？」

「ああ、いらないよ。ボクがムリに連れていったようなものだし」

「そんなわけには…ちゃんとお支払いします」

「気にしないで」

「でも……」

「いいから、いいから」

「中丸さんにはいろいろお世話になっているのに、カット代まで出してもらうなんて……」

「そうだな…じゃあ、MITAの仕事が決まったら、トラちゃんに食事を奢《おご》ってもらおうかな」

「あ…はいっ、がんばります。そのときは、ええっと…フランス料理でも……」

猛虎の中で、高級レストランといえばフランス料理だ。

他の料理はだいたいファミリーレストランにあって手軽に食べられるが、フランス料理は敷居が高いご馳走《ちそう》というイメージがある。

がんばって仕事をもらって、一流といわれる店で奢りたいと思う。

もちろん仕事がダメになっても、お世話になってますの意味を込めて招待しようと考えていた。

どうせならお祝いの席にしたいから、とにかくがんばろうと気合を入れてMITAに向かう。

「うわーっ」

大きなガラス張りのショールームに、猛虎は大興奮だ。どこもかしこもピカピカで、綺麗だと呟く。有名なデザイナーが設計したというショールームは、それ自体が芸術品のようだった。

ひとしきり見回した後で、今度は展示されている車にうっとりし、タイヤや車体の下まで覗き込む。

猛虎が夢中になったのは、何年か前に大ヒットしたスポーツカーだ。スタイリッシュなデザインが今も人気で、ショールームの中でも目立つ場所に置かれている。

「面白い？」

「はい。こういうところじゃないと、こんなふうにマジマジ見られないから。せっかくだからエンジンも見たいなぁ」

「言えば、見せてくれると思うけど。どれが見たいって？」

「どうせなら、スポーツタイプがいいです」

そこで声をひそめ、こっそりと中丸に聞く。

「新車は、これとはだいぶ変えているんでしょうか？」

「どうだろうね。たぶん今日、写真くらいは見せてもらえると思うけど。発表までは極秘のはずだから、実物はどうかな」

「見られると、嬉しいんですけど……。ボクなんかじゃ、こういうショールームも気後れしちゃって来られないし」

東京に住んでいれば交通機関は発達しているので、車は贅沢品《ぜいたくひん》だ。がんばって車を買ったとしても、駐車場代や維持費は払えない。

買う気がない客が行ったら邪魔者扱いされるんじゃないかと思うと、ショールームに入るのは猛虎にとって難しいことだった。

今は仕事という理由があるし、中丸も一緒にいてくれるから気後れしなくてすむ。

こんな機会はそうそうないからと、気がすむまで見て回った。

「――トラちゃん、いいかな？　約束の時間が近くなってきたから、行こう」

「はい」

猛虎は途端に緊張に体を硬くし、コクリと頷いた。

中丸は受け付けで名前を名乗り、広報部長の野辺《のべ》と約束があると告げる。すると、すぐに階数を言われ、エレベーターの場所を教えられた。

「うー…ドキドキします」

「そんなに緊張する必要はないよ。今日はただ説明を聞くだけだから」

「はい」

エレベーターを降りたところで女性秘書が待っていてくれて、部屋へと案内される。

「やぁ、わざわざお越しいただいて、ありがとうございます。広報部長の野辺です。どうぞ、よろしく」

野辺は、四十代前半の見栄えのする男性だった。いかにも高級そうなスーツを着て、靴もピカピカである。

互いに挨拶をしつつ中丸と野辺の間で名刺交換が行われ、猛虎は持っていなくてすみませんと謝る。

オフィスの応接コーナーへと誘導され、ソファに腰を下ろす。

すぐにお茶が運ばれてきて少し落ち着いたところで、野辺が猛虎の絵を褒めてくれた。

「特に若い部下たちの評判がよくてね。今回のスポーツカーのメインターゲットと考えている世代は、キミの絵が好きだという声が多いんだ。上層部はつい名前で選びたがるから、難しいところなんだけどね」

「そう…なんですか」

有名なイラストレーターのほうを使いたいという気持ちは、猛虎にも理解できる。

けれど、若い世代が自分のイラストを気に入ってくれたという言葉には励まされた。

「最終候補の二人に、ポスターサイズのイラストを一枚描いていただきたいと思っているんだ。決まれば、そのままポスターとして使用することになるから、本気で描いてもらいたい。そのあとで他にも数点描いてもらって、そちらは雑誌やノベルティーに使うつもりだ。落選の場合でも、イラストは当社の買い上げで五十万円。これは新車の写真や実物を見せるにあたっての、守秘義務込みの値段と考えてほしい」

「五十万円⁉　不採用なのにですか？」

「ポスターサイズだからね。没にするのに描いてもらうことになるわけだし、買い取りになる。発売までは情報を秘匿してもらうことも考えれば、相場じゃないかな」

採用されれば嬉しいが、落選でも五十万円ももらえるならありがたい。

もともと趣味として自己満足のために絵を描き続けてきた猛虎なので、どちらに転んでも嬉しい仕事だった。

ポスターサイズを描くのは初めてだが、それさえも楽しい。初挑戦がこんな大仕事なんて、やりがいがあった。

「実物を見るのは、いつにする？」

その問いに答えたのは、猛虎ではなく中丸だ。

猛虎のアシスタントのスケジュールと自分の予定を考慮し、なるべく早い日にちを口にする。

「ああ、それなら大丈夫。ただ、守秘義務の契約書にサインしてもらう必要があるよ。写真はいいけれど、データの持ち帰りは禁止。こちらでプリントアウトしたものを渡して、それが万一外部に流出したときは裁判になると覚悟してほしい」

「分かりました」

そこで野辺は書類を取り出し、猛虎の前に置く。

「守秘義務、その他の契約書だよ。二通あるから、よく読んでサイン、捺印をしてほしい」

「――失礼」

中丸はそのうちの一通を手に取り、真剣な表情で読んでいく。

猛虎も一応読もうとしたが、文章が硬くてなかなか前に進まない。

中丸は読み終えると、猛虎が持っていた分もチェックした。

「はい、問題ありませんね。さすがＭＩＴＡさん。隙のない契約書です」

「それはどうも。納得してもらえたら、サインと捺印を」

「はい」

すでにＭＩＴＡ側のほうは捺印まですんでいるので、猛虎はその下に名前を書き、印鑑を押した。

「――それでは、これで契約成立となります。がんばってください」

「はい」

猛虎は緊張に硬くなりつつ、よろしくお願いしますと頭を下げた。

「……それにしても、藤堂くんは思っていたよりもずっと若いね。二十二歳と聞いているけど…本当に？　十代にしか見えないな」

「本当に二十二歳です。大学を卒業して、今は漫画家さんのアシスタントや、カットやイラストの仕事をしています」

「いや、本当に若く見えるよ。とても可愛らしいし。すれていない感じがなんとも……」

猛虎を見る野辺の目つきが、ねっとりとしていて気持ち悪い。左手薬指に指輪をしているから安心していたのだが、猛虎の容姿に食指を動かしているようだ。

野辺は可愛いを連発して、困惑する猛虎の手を握る。

「小さい手だねぇ。この小さな手で、あのイラストを描くのか」

「……」

イラストにかこつけているが、目的は手に触ることのような気がする。

指や掌《てのひら》を撫でられ、猛虎はゾッとして鳥肌が立ってしまった。

中丸はさり気なく野辺の手を引き離しながら言う。

「それでは、野辺さんもお忙しいでしょうから、私たちはこれで。新車を見られるのを、楽しみにしています」

言葉が終わると同時に立ち上がり、引き留めることをさせない。

「ああ…それでは藤堂くん、連絡先を教えてくれないかな。何かあったときのために」

「藤堂くんの窓口は私になっておりますので、何かありましたら私にお願いします」

「いや、しかし、直接何か聞いてみたいことができるかもしれないしね。細かい部分の確認とか……」

「そのときは藤堂くんのほうから連絡させます」

きっぱりとした口調で断ってくれる中丸に、猛虎はホッとする。野辺との接触は最小限にしたいから、大いに感謝した。

まだ何か言いたそうな野辺に気がつかないふりで、にこやかに、だが断固とした態度で中丸は辞去の言葉を告げ、猛虎を伴ってその場を後にする。

秘書に見送られて乗ったエレベーターの中で、猛虎はフーッと大きく息を吐き出した。

「疲れた？」

「少し…緊張しましたし、なんか、ちょっと、あの人が……」

「ああ、セクハラ親父だったね。奥さんがいるだろうに、どういうつもりなんだか。髪を切って、可愛くなりすぎたかな？」

「そんな……」

少し垂れ気味の大きな目と、猛虎の引っ込み思案な性格が、付け入りやすいと思われるらしい。

顔を晒《さら》すとよくこういう目に遭うから、前髪を伸ばして隠していた。変な気を起こされるくらいなら、暗いとかダサいと言われるほうが気が楽なのだ。

「それじゃ気分直しに、この辺に美味しいケーキ屋があるから寄っていこうか」

「はい」

中丸のお勧めがどこも美味しいのは知っている。だからケーキと聞いて、猛虎の気分は一気に浮上した。

五分ほど歩いたところにあるその店は、女性客が多いのは確かだが、落ち着いた内装のおかげで男二人でもそんなに浮くことはない。それに男性の一人客もいた。

フルーツが売りらしいこの店で、中丸は季節のタルトを注文し、猛虎は少し迷った末にマンゴータルトにした。

ツヤツヤピカピカのオレンジ色をした果実が山盛りになっている。贅沢なそれにうっとりとしながら、一口一口大切に口に運んだ。

「ううっ…美味しい」

「よかった。これで、セクハラ親父の不快感も消えるかな。ボクのほうでもブロックするつもりだけど、野辺さんに電話番号や住所を教えちゃダメだよ」

「絶対、教えません。苦手なタイプだし」

「二人きりになるのもいけない。あれこれ画策してくるかもしれないから、気をつけないとね」

「はい、がんばります」

野辺に会う機会はそんなに多くないし、そういうときは中丸も一緒のはずだ。なるべく中丸から離れないよう、野辺と二人きりにならないよう気をつけようと思った。

★　★　★

後日、中丸と一緒にＭＩＴＡを訪れた猛虎は、二重になったセキュリティーに守られた場所で、新しいスポーツカーに対面した。

「うわー…カッコいい」

旧タイプのフォルムは残っているが、シャープな流線型がいかにも速そうな雰囲気を醸《かも》し出していた。

より洗練され、未来的になっている。

猛虎は興奮し、グルグルと車の周りを回ってあちこち覗き込む。

「内装もすごい。計器やハンドルもカッコいいな～」

すごいすごいを連発して、バシバシと写真を撮る。持ち帰るものには制限を設けられるが、撮る分にはいくらでもいいと言われていた。

実際に車の設計に携わった人間がいて、いろいろと説明してくれる。

車体とエンジンのデザイナーの二人で、どちらも自信が満ち溢れ、自慢の新車を見てくれとばかりに目を輝かせていた。

猛虎は車に詳しいわけではないが、イラストを描く人間の視点で質問を重ね、彼らはそれに熱心に答えてくれる。

二人ともそれぞれにお勧めの部分を話し、車体のデザイナーは、「この角度が最高にカッコいい！　それに、こっちも‼」と、絶妙なカメラアングルを教えてくれた。

野辺もいるにはいるが、蚊帳の外に置かれていて空気扱いだ。車についてデザイナーを差し置いて説明できるような立場ではないので、何か話しかけてきてもすぐに車へと猛虎の興味が戻ってしまう。

はしゃぎながら猛虎が撮りまくった写真は、そこにあるパソコンで中身を確認し、プリントアウトしてもらう。

当然のことながらこれは他の人間に見せるのは禁止で、自宅のパソコンに取り込むのもダメだと言われた。

個人のパソコンでは、その気になれば簡単にハッキングされ情報を盗まれてしまうらしい。発表会までは極秘だからと、その取り扱いにはピリピリしていた。

本当はここか、ＭＩＴＡが用意したホテルに缶詰めになって描いてほしいらしいが、さすがにそれはできないと分かっているから何度も「くれぐれも」と注意された。

プリントアウトしてもらった写真を大切に抱え、猛虎は中丸とともにＭＩＴＡを出る。

このときも野辺は何か話しかけていたが、浮かれている猛虎は気もそぞろで、あっさりと中丸がブロックしてくれた。

何か食べていくかと聞く中丸の誘いを断って、この勢いのまま絵を描きたいと言う。

「やる気満々だね。でも、ご飯はちゃんと食べるようにね。たまに様子を見に行くから」

「はいっ」

アシスタントの仕事まで五日ほどあるし、依頼されていたカットやイラストはこの仕事のために前倒しにして完成させ、中丸に渡してある。

猛虎は五日間、スポーツカーを描くことに没頭できるのだ。

途中、画材店でポスターサイズの紙を何枚か購入してから部屋に戻ると、荷物を放り出して机に向かい、写真をじっくりと見つめる。

これもあれもカッコいいと思いながらも、やはりデザイナーに教えられたアングルの写真が一番車が映えると納得する。

猛虎はチラシの裏にシャカシャカと線を描いていって、車体がきちんと頭にインプットされるまで何枚も何枚も描き続ける。

細かい部分まで見ないでも描けるようになったときには、すっかり夜が更けて日付けが変わっていた。

「うー…お腹空いた。なんか、時間が飛んでるし」

猛虎が最後に時間を認識したのは、もうすぐ日が暮れるから何か食べないと…と考えたときだ。それからもう、七、八時間は経っていることになる。

猛虎はやれやれと思いながら冷凍庫を開け、チャーハンを皿に移して電子レンジに入れた。

「夢中になると食事するのを忘れるの、なんとかしないとなぁ」

冷凍のミックス野菜を鍋に入れて、ブイヨンスープを作る。

一応、少しでも野菜を摂ろうという意識はあるのだ。七生から手軽に野菜を食べられる方法を聞いて、なるべく実践している猛虎だった。

月に二回ほど七生のところで手料理を食べさせてもらって、自分でも意識して野菜を摂取するようになってから体調がいい。

以前は夢中になってイラストを描いて、気がついたときにはヘロヘロで立てないなんていうこともザラだったのだが、今は基礎体力が上がったのかそんなことはなくなった。

半日以上、食事どころか水もろくに飲まなかった今でも、ちゃんと食事の支度ができる。七生に会う前の猛虎だったら、這って買い置きのチョコレートや栄養補助食品を齧《かじ》るので精一杯だったはずだ。

大学のときにうっかりして入院沙汰になってからは一応気をつけるようにしているのだが、絵に没頭すると文字どおり寝食を忘れてしまうのは我ながら困ったものだと思う。

そういう意味では、大学時代よりもフリーターのときのほうが体にはよかった。アルバイトの時間に合わせてアラームをかけていたから、絵の世界から戻ってこれたし、食事もそれに合わせて摂っていた。

今はアシスタントの仕事以外は自宅で一人で描いているので、半日水しか口にしていないようなことがしょっちゅうという生活に戻っている。もう少し体調管理に気をつける必要がある。

「でも、食事のためにアラームを鳴らすっていうのも……」

猛虎にとっては食事より絵を描くほうが遥かに大事だし、せっかくの集中を途切れさせるのは嬉しくない。

かといってあまり食事をおざなりにすると体力的にまずいことになるし、そのあたりの折り合いのつけ方が難しいところだ。

温めたチャーハンと野菜スープをモソモソと食べながら、猛虎はうーんと首を捻る。

「……仕方ないから、絵を描き始める前にアラームをセットして……七……いや、八時間後くらい？」

あまりしたいことではないが、絵に没頭しすぎて倒れてはなんにもならない。なまじ大作で、五日間も好きに使える時間があるだけにきちんと食事をするのは重要だった。

頭の中で描きたいイメージは固まったし、手も車の形を覚えている。

食べ終わったら早速下描きに入るつもりだった。

「あー……うー……でも、先に寝なきゃダメか。もう夜中だし」

高揚しているせいかまだ眠気はなかったが、いつもならベッドに入っている時間だ。

下描きに入ってしまったら終わるまでやめないだろう自分を知っているので、猛虎は欲求を抑えて自制することにした。

「とにかくお風呂に入って、眠る。起きたらご飯を食べて、すぐに仕事に入って……アラームは十時間後くらいにしよう」

下描きは大切だからと自分に言い訳をして、猛虎は食べ終えた食器を片づける。それから歯を磨いて風呂に入り、電気を消して眠ろうとした。

頭の中は、これから描く車のことでいっぱいだ。いつも描いているのよりずっと大きいサイズだから緊張するが、それよりもワクワク感のほうが大きい。

完成図を思い浮かべ、どんなふうに塗ろうかと考える。

色は、今日見た明るいワインレッドと指定されていた。写真の他に色見本をもらってきていて、その色を忠実に再現しつつ自分の感性で塗ればいい。

「楽しみだなぁ」

今日は外出して疲れているはずなのに、興奮しているせいなのかなかなか眠気がやってこない。

高揚した気分のまま、ああして、こうして…といろいろ考えているうちに、いつの間にか眠りの世界に入っていた。

ぐっすりと眠り、早めに起きた猛虎は、顔を洗って朝食の準備に取りかかった。

早く下描きに入りたいと気が急くが、その前にちゃんと食べないといけないことは分かっている。

昨日の残りのスープと、チーズトーストを二枚。それに野菜ジュースという簡単なメニューだが、立派にエネルギーになってくれる。

頭の中が絵でいっぱいだから、味もよく分からないまませっせと胃に送り込んだ。

絵のほうに気を取られながら洗い物をして、すぐに机に向かう。

昨夜はアラームを1時間でセットしようと考えたのに、いくら大きくてもそんなにはかからないと思ってセットするのをやめた。

鉛筆を持って、真っ白な紙に線を描き始める。

時折写真と見比べながら、集中してひたすら手を動かし続ける。

猛虎にとっては、下描きが一番大切だった。ここを完璧にしておかないと、いざペンで描くときに迷いが生じてしまう。

だから何度も消しゴムを使って線を描き直し、納得がいくまで描き込む必要があった。

時間の経過が分からなくなるまで没頭して、終わったときにはもうすっかり日が暮れていた。

「疲れた……」

ずっと同じ姿勢でいたから、肩も腰も背中も痛い。

猛虎はバタンとベッドに横になり、目を閉じてうーっと小さく唸った。

――そのまま、少し眠っていたらしい。チャイムの音で叩き起こされ、ずいぶん体が楽になったのを意識しながら玄関の扉まで行った。

覗き穴から来客を確認し、慌てて扉を開ける。

「中丸さん」

「やぁ。電話したんだけど、取ってもらえなかったから、直接来たよ。キミのことだから、描くのに夢中になっているんだと思ってね。夕食は食べた？」

「まだです。……携帯、消音にしたから気がつかなくてすみません」

「大丈夫。どのみち、様子を見に来るつもりだったんだよ。根を詰めすぎるとよくないからね。朝と昼は食べた？」

「朝はちゃんと食べましたけど、昼は……」

「やっぱり抜きか。弁当を買ってきたから、一緒に食べよう。お茶を淹れてくる？」

「はい」

猛虎が二人分のお茶を淹れている間に、中丸は小さなテーブルに買ってきたものを並べている。

「カツ丼とすき焼き丼、どっちがいい？」

「ええっと…じゃあ、すき焼き丼をお願いします」

中丸と七生による、猛虎に肉を食べさせようキャンペーンは続いているらしい。

猛虎はカツ丼はちょっと胃に重すぎると思い、食べやすそうなすき焼き丼を選んだ。

野菜もしっかり摂るという七生の教えを中丸も承知しているので、サラダも二人分用意されていた。

「いただきます」

「いただきます」

二人で一緒に食べ始め、猛虎は美味しいと呟く。

「デパートで九州《きゅうしゅう》の物産展をやっていてね。それは宮崎牛《みやざきぎゅう》のすき焼きで、こっちは黒豚のカツ丼。美味しいから、一切れ食べてみて」

蓋《ふた》にカツ丼が載せられ、猛虎もお返しにとすき焼きを載せて渡す。

「あ…美味しい。黒豚って、ジューシー？」

「揚げ方もうまいんじゃないかな？　おーっ、宮崎牛、さすがの旨さだ」

「このサラダも美味しいですよ。野菜の味が濃い」

「旬の野菜だけで作っていると宣伝していただけあるね。旨い」

「物産展とか、よく行くんですか？」

「目新しいものがあるから、差し入れにちょうどいいんだよ。ここに来る前にも一軒置いてきたけど、大歓迎だった。みんな、ひどい食生活をしてるからなぁ。先生に奥さんがいればいろいろ世話をしてもらえるけど、一人身のところは悲惨だよ」

「んー…でも、家に閉じこもりきりの生活だし、週刊で漫画を描いていたら、出会いの場もそうそうないですよね。売れっ子ほどお嫁さんを見つけるの、難しい気が……」

「出版社のパーティーや、漫画家同士や声優なんかとの飲み会もあるから出会いがまったくないわけじゃないよ。それに積極的な人は結婚紹介所に登録したり、忙しい合間を縫って婚活パーティーに参加したりするし。やる気次第かな？」

「なるほど…本当にやる気次第なんですね」

「そう思うよ。在宅で暇なしじゃ、まず出会うところからがんばらないと。みんな好きでやっているとはいえ、過酷な仕事だからなぁ」

中丸が担当している中で、きちんとした生活を送っているのは二人しかいないという。あとはもう滅茶苦茶で、そのうち体を壊すのではないかと心配していた。

ご馳走様をして容器を片付けていると、中丸に絵が見たいと言われる。

「まだ下描きだけなんですけど」

「……すごいな。大きいせいか、今までのものより格段に迫力がある。これは、スキャナーで取り込んだりしないのかい？　ペン入れが失敗したときのために、取っておいたほうがいいと思うんだけど」

「スキャナーなんて持っていないし、失敗しないようにがんばるだけです。これを一から描き直すのはしんどいから、慎重に進めます」

「まだ期限は先だし、これが終わるまで他の仕事は入れないよ。焦らないようにね」

「はい」

「採用されたら一気に名前が売れて、仕事も選べるようになると思う。この前のバイクのイラストでオファーがずいぶん増えたし、今回みたいな大きなチャンスも巡ってくると思うよ。飛躍するためにも、時間をかけて気がすむまで描いたほうがいい。なんなら次のアシスタントも断れるけど、どうする？」

「高弘先生のアシスタントは、やりたいです。それまでには終わっているはずだし、終わっていないとしたら失敗したときだから、一からやり直すための気分転換になると思うので」

「分かった。じゃあ、がんばってね。明日は差し入れに来れるか分からないんだけど……」

「中丸さん、忙しいですもんね。大丈夫です」

「トラちゃんが倒れているかもしれないと思うと、落ち着かないんだよなぁ」

「携帯の音を戻して、今度からはちゃんと出ます」

「そうしてもらえると、とりあえず安心はできるかな」

先日、甲斐のところで倒れて、中丸に病院へ運ばれた身としては、申し訳ない気持ちになってしまう。

「でも、七生くんに言われて、野菜も摂るようにしてるし。野菜の冷凍物をストックして、スープに入れたり簡単に炒めたりして、なるべく食べるようにしてるんです。今は、一日二食は必ず食べるようにしているし……」

「いい心がけだね」

「はい。おかげで、基礎体力も少し上がってるみたいです。無茶もしないようにしてますから。前だったらすぐにペン入れに入ってましたけど、今日はもうこれで終わりにして、明日起きたらやります」

「そのほうが結果的に効率がよかったりするしね。人間の体力と集中力には限界があるから、きちんと食べて休むことは必要だよ。毎週限界に挑んでいる人たちと違って、トラちゃんには時間があるんだから」

中丸が言っているのが、自分が担当している漫画家のことだと理解した猛虎が、首を傾げて聞く。

「……週刊連載って、大変ですか？」

「ボクには無理だと思う程度には。あれは、本当に好きじゃないと無理だね」

「好きだと、そんなに大変に感じませんもんね」

本当は猛虎だって食事や睡眠などせずにペン入れに入って、一気に仕上げたいのだ。けれどそれをするとあとが大変で、また入院騒ぎになったら今度こそ戻ってこいと両親に言われるかもしれないから自制しているだけである。

空腹や睡眠不足のつらさは描きたいという欲求より下で、実際に倒れたときの煩《わずら》わしささえなければ猛虎としては好きなだけ描き続けていたいところだった。

「ああ、そうそう。ＭＩＴＡの野辺部長だけど、早速トラちゃんの連絡先を教えろっていう電話があったよ」

「えっ、やだ」

反射的に声を上げた猛虎に、中丸は笑いながら頷く。

「もちろん断ったけどね。ボクが窓口だってはっきり言ったのに、まったく。直接連絡を取りたいときもあるからとかグチャグチャ言っていたけど、あれはただの口実だな」

「うー…嫌だなぁ」

「トラちゃんを狙《ねら》っているのが丸わかりで、呆れたよ。あの規模の会社の広報部長なら、下心くらいうまく隠せそうなものなのに。うちが出版社で、ボクたちの年齢が若いから舐《な》められたかな」

「出版社だと、立場が弱いんですか？」

「雑誌の広告スペースを買ってもらう立場だからね。車やバイクの雑誌もあるし、取材のときＭＩＴＡの協力を得られないと厄介なんだ」

「でも、それはＭＩＴＡ側だって同じですよね？　愛好家が見る雑誌に、自分の会社の車やバイクが載せられないのは痛手が大きいと思うんですけど」

「そう、共存関係なんだよね。それだけにどっちの立場が上かは微妙なところなんだけど、野辺さんは『うちがクライアントだ』っていう上から目線の態度だったからな。気をつけないと。どういう人かちょっと調べてみるよ」

「はい」

「イラストが仕上がるまでは野辺さんと会うこともないだろうし、完成したあともボク抜きでは会わせないようにするから」

「お願いします」

猛虎にとって野辺は、もっとも苦手な人種である。

欲望を滲ませるねっとりとした目つきを思い出すと、ゾッとしてしまう。

猛虎の立場と性格ではきっぱりと拒絶するのは難しいので、申し訳ないと思いながらも盾になってくれる中丸に感謝した。

★　★　★

朝起きて、食事を摂って、机に向かう。

さすがにペン入れに必要とする集中力は半端なものではなく、猛虎は二、三十分ごとにペンを置いて小休止を入れた。

アシスタントのときは別だが、自分の絵を描くとき、猛虎は基本的に定規を使わない。大きな絵のときは、細い線を幾重にも重ね、曲線や直線を描くのだ。

定規は、きちんと真っ直ぐに描けているか確かめるために使っていた。

市販されている中で一番細いペンを使って描くから時間がかかるが、慎重にやれば失敗する可能性が減る。

猛虎は窓一つ、ライト一つ描くのにもたっぷりと時間をかけて、少しずつ進めていった。

そんなふうにして六時間ほど経ったところで、もう無理…とベッドに横になる。集中しすぎて、軽い頭痛が起こり始めていた。

猛虎は目を瞑り、小一時間ほどウトウトする。目が覚めたときには頭がスッキリし、頭痛もなくなっていた。

「よし、がんばろう」

再び机に向かい、作業を再開する。

下描きをしっかり完成させているから、ペン入れするのに迷う必要がない。

猛虎は澱《よど》みなく、なめらかに線を描き続けた。

何度も小休止を入れ、疲れきったら仮眠を取り、絵が完成したのは翌日の昼だ。途中で中丸から電話があって、そのときに何か食べないと…と思って冷凍のラーメンを温めて食べた。

一日半のうちにラーメンとお茶とチョコレートしか胃に入れていない猛虎は、ヘロヘロになりながら満足そうに絵を眺める。

「……うん、いい出来。久しぶりに、すごく集中できた気がする」

仕事だからと緊張するのはどれも同じだが、こんな大きなサイズを描くのは初めてなので、かけた時間も疲労度も桁違いだった。

「な、何か食べないと……」

こういうときのためにレトルトのお粥《かゆ》がある。猛虎はそれを湯煎《ゆせん》で温めて、とりあえず消化にいいものを胃に入れることにした。

ゆっくり時間をかけて食べ終えると、歯を磨いてシャワーを浴びる。昨日風呂に入らなかったから、なんとなく気持ち悪かった。

スッキリしたところでシーツや枕カバーを剥がして、新しいものに替える。それからまたベッドに横になった。

あまり生活時間をずらしたくないから、仮眠のためではなく車の写真を見るためだ。

「――」

色や光り方をマジマジと見つめ、観察をする。

気がすむまで見て机に戻ったところで、携帯電話にメールが来ていることに気がついた。見てみると中丸からで、絵の調子はどうか、夕食を買っていくがリクエストはあるかとあった。

猛虎は、絵は順調でこれから色塗り、夕食のリクエストは特にありませんと返信した。

それじゃメニューはお楽しみということで、中丸は八時から九時の間に来るという。

今はまだ三時。中丸が来るまでにそれなりに時間があるから、猛虎はまずは窓でも…とパレットの上で薄めの白や水色、グレーなどを作り、慎重に色塗りをしていく。

色を調整しながら何度も何度も塗るので面倒ではあるが、その分、自分の思い描いたイメージに近づけるのは難しくなかった。

薄い色を重ねていくとベタ塗りの印象もなくなるし、微妙な影や輝きを表現するのもやりやすい。

猛虎はチョコチョコ絵から離れて確認し、また塗るという作業を飽きることなく繰り返した。

ペン入れほど緊張しないので、色塗りは純粋に楽しい。一番の大物である車体は最後に残し、窓だけでなくスチール部分などの細かい部分を塗っては、全体を確かめる。

キリがいいところでチラリと時計を見た猛虎は、今日はこれでやめて筆を洗うことにした。

車体とタイヤには時間をかけたいし、途中で止めたくない。そのためにはここで終わりにして、きちんと眠ってから取りかかるほうがいいのだ。

猛虎は机周りを綺麗にし、あちこち片して掃除機をかける。

手を洗ってお茶でも飲もうとポットに水を足してセットしたところで、ピンポンとチャイムが鳴らされた。

「——はい。あ、中丸さん、いらっしゃい」

「お邪魔します。今日は海鮮丼と手羽先にしたよ」

「ありがとうございます。お茶でいいですか？」

「うん、よろしく。……あぁ、もうここまで塗ったんだ。すごいね」

「あとは、明日にします。車体とタイヤを塗って、仕上げです」

「早いなぁ。これなら本当にアシスタントに行く前に終わるね。でき上がったら取りに来るから、連絡してくれるかな？」

「はい」

猛虎は二人分のお茶を淹れて、夕食になる。

デパートの食品売り場で買ってきたという海鮮丼は、具がたくさん載っていて食欲をそそる。

「この手羽先、ピリ辛で美味しいですね」

「そうだね～。昔は『名物に旨いものはなし』なんてことを言ったけど、今は名物はちゃんと美味しいからなぁ」

「これは、どこの名物なんですか？」

「手羽先は名古屋《なごや》、海鮮丼は北海道《ほっかいどう》。東京にいながらにして、全国の名物が食べられるのはありがたいねぇ」

「本当に」

　充分な収入さえあれば、東京はとても快適に住める街だ。

　電車と地下鉄があらゆるエリアをカバーしてくれているし、本数も多い。映画館や本屋、飲食店もたくさんある。

「そういえば、中丸さんってもともと東京の人ですか？」

「そうだよ。今は、家を出て一人暮らしをしているけどね」

「それだと、家賃もったいないなくないですか？」

「あー…祖父が遺してくれたマンションに住んでいるから、家賃はかからないんだよ。家には兄夫婦がいるから、いつまでも独身の弟が居座るのは悪いし」

「家賃、いらないんですか？　いいなぁ。一人暮らしで一番大きいの、家賃ですから。二回のアシスタントで家賃と光熱費なんかが払えるようになって、ホッとしました。仕事中はご飯も三食美味しいのが出るし」

　コンビニのバイトでは出なかったし、ファミリーレストランは割引価格で食べられるが、似たようなメニューばかりで飽きる。

泊まり込みという特殊な仕事ではあるが、健康的な食事ができて日給も高いというのは本当にありがたい。

「あれ？　家賃がいらないということは、中丸さん、フリーターでも全然食べていけるっていうことですよね」

「まぁ、そうだけど。別に打ち込める趣味もないし、仕事は楽しいし。やりたいこともなくフリーターになると、どこまでもだらけてダメな人間になるような気がする……」

「趣味、ないんですか？」

「特には。映画を見たり本を読んだりするのは好きだけど、休日や電車の中で充分だし。仕事が趣味みたいなものかな」

「へぇ……」

編集者という仕事は、猛虎から見るととても大変そうだ。

いろいろな人と関わらなければいけないし、一癖も二癖もありそうな漫画家たちに、雑誌の掲載に間に合うように原稿を描かせることもしなければならない。

甲斐や高弘は中丸の知っている中でもちゃんと締め切りを守る優等生らしいから、劣等生がどんな感じなのか考えるとすごそうだと思う。

「そういえば高野さんが、中丸さんは原稿を取り立てるのがうまいって言っていました。飴《あめ》と鞭《むち》の使い方が上手？　中丸さんを怒らせちゃダメらしいよって」

「うん、まぁ、編集者としては光栄かな。そういう評価が広まってくれると、仕事もしやすいしね。飴は小まめな差し入れで、鞭は…たまに怒ったところ見せるのが効くんだよ。主に、ネームのときかな」

「高弘先生にも使うんですか？」

「いや、宗弘は必要ないよ。基本的に真面目だから、ボクが怒るまでもなく必死だし。七生くんが大学へ通うために同居するようになってから、絶好調だからなぁ」

「三食七生くんにご飯を食べさせてもらったら、能率が上がりそうですよね。野菜をたくさん食べるから体調もよくて、頭もスッキリするだろうし。メシスタントっていう言葉は初めて聞きましたけど、必要なんだな〜と分かりました」

「本当にね。いいメシスタントや奥さんがいる人は、遅れが少ないんだよ。これは、妻子を養わないと…っていう気持ちもあると思うけど」

「あー…妻子……」

自分の生活を維持するだけで精一杯な猛虎にとって、「妻子を養う」という言葉はあまりにも遠すぎる。

確かに漫画家は一攫千金《いっかくせんきん》の職業だけど、甲斐や高弘レベルなら可能だ。実際、高弘はデビューから十年も経たないうちに家を建てたのである。

「高弘先生は都内に家を構えて、アシスタントを三人から四人雇って、メシスタントの七生くんも雇って…すごいですよねぇ」

「それだけの収入はあるからね。それに、今の段階では七生くんはアルバイト程度だし。まだ大学生だからなぁ」

「しっかりしてますよね。年下とは思えません。すごく世話を焼いてもらってるし」

「それは、あの家で仕事をする人間、みんなに言えることだから。宗弘なんて、毎日だよ？　おかげで規則正しい生活と、風邪をひきにくい体を手に入れて、こちらとしては本当にありがたいけど。前は、年に二、三回熱を出していたから」

「あんなに体格いいのに、体が弱いんですか？」

「いや、どちらかというと心因性だと思う。生真面目な性格で考え過ぎるというか…落ち込むと体調に出るタイプなんだよ。でも七生くんは正反対だから、一緒にいると気鬱が吹き飛ばされるんじゃないかな」

「ああ…なんだか、分かる気がします。見た目は美少年なのに、あんまり繊細なタイプではないですよね」

「大雑把《おおざっぱ》というか、合理主義というか…『反省は大切だけど、くよくよ悩んでもなんの解決にもならないから』と言っていたのを聞いたことがあるよ」

「七生くんらしい…高弘先生の気持ち、ちょっと分かります。ボクもどちらかというと考え過ぎるタイプだから、七生くんみたいな人がいると気が楽になりますよね。深みに嵌《は》まらなくてすむというか……」

「トラちゃんも真面目だからなぁ。いいことだとは思う反面、キミたちを見ていると、真面目すぎるのも大変そうだなとも思うよ。まぁ、七生くんを見習って、ほどほどにね」

「はい」

それはアシスタントに行くたびに実感していることだったので、猛虎は素直にコクコクと頷いた。

そんなふうに会話をしながら食事をして、もう一杯お茶を飲んでから中丸は帰っていった。


昨日は夜早く寝たから、朝起きる時間も早くなる。

やる気に満ちてパチリと目を覚した猛虎は、顔を洗って歯を磨くと、すぐに彩色に取りかかった。

メインの車体とタイヤだ。明るく上品でいて情熱的なワインレッドにするために、微妙に色を変えながら何度も塗っていった。

タイヤも、ゴムの質感を出しつつ、細かな溝も描き込んでいく。

スポーツカーだけあってタイヤやホイールも凝っているから、塗るほうは大変だ。

「ここにもうちょっと影を――」

車体の影も強調したいと、猛虎は日の差し込む方向を考えながら慎重に色づけしていく。そして最後の段階、仕上げへと入った。

細かいところまで神経を使い、細筆で色を重ねていく。

小さなカットや雑誌サイズのイラストではできない作業だから、やりがいがある。

何度も何度も見直しては色を塗り、また見直すということを繰り返し、ようやく満足がいったときにはもう夕方近くになっていた。

「思ったより時間がかかったなぁ」

サイズが大きい分だけ塗る作業は増えたし、あっちもこっちも手を入れたい。もっともっと…と欲張ってしまったのも確かだ。

冷静になってイラストを見て、納得がいくまで塗れたことを確認する。自分でも満足できる作品ができ上がった。

猛虎は嬉しくなって、中丸にメールをする。

絵ができたこと、いい出来だと送ると、すぐに返信があって、「お疲れさま！　完成祝いに、ケーキを買っていくね」とあった。

「わぁ～い、ケーキだ♪」

猛虎は浮き浮きしながら彩色の道具を片付け始める。

それから手を洗い、少し考えたあとで冷凍庫から肉まんを一個取り出してレンジで温めた。今日は起きてすぐに彩色に入ってしまったから、何も食べていない。夜はちゃんと食べるにしても、とりあえず何か胃に入れておかないと…という感じだ。

肉まんと野菜ジュースで遅めの昼食にして、猛虎はご機嫌で洗濯機を回し、部屋を掃除し始める。

集中しすぎて頭が痛くなりそうだったから、体を動かす単純作業はちょうどよかった。

浴室も綺麗にして、今日は湯船に浸かろうと浴槽を磨く。普段は面倒だしお湯がもったいないからシャワーですませているが、仕事が終わった今ならささやかな贅沢も許されるはずだ。

洗濯物を小さなベランダに干し、テレビを点けてニュース番組にチャンネルを合わせた。

何日か集中して絵を描いていると、浦島太郎《うらしまたろう》状態になる。新聞を取ればいいのかもしれないが、アルバイトで慎ましく暮らしている身には贅沢品なのだ。

もう少し収入が安定したら取ろうと考えていた。

「……あと、レコーダーも欲しいな。ニュースを録画したり、いろいろできるし」

番組表で見たいと思う番組はいくつかあるのだが、アルバイトの時間と重なっていたり、絵を描き始めて忘れてしまったりしていた。

今なら貯金に少し余裕があるし、一台買ってもいいかと思う。

久しぶりに大きな買い物だ…と嬉しく思っていると、チャイムが鳴って猛虎は慌てて立ち上がる。

「中丸さん」

「お疲れさま。これ、お祝いのケーキ。絵を見せてくれる？」

「はいっ」

机の上に広げたままのイラストを、中丸はジッと見つめる。

それから、ほうっ…と吐息を漏らしながら言った。

「……あぁ、すごいな。本物そっくりなのに、ちゃんとトラちゃんの絵になってる。とてもいい作品だと思うよ」

「そうですか？　よかった…自分でもいい出来だと思うんですけど、他の人がどう思うか分からないから……。本物の車をじっくりと見られて、高揚した気分のまま描りたから、すごく楽しかったです。やっぱり写真とか映像だけじゃなく、実物を見られると違いますね」

気になる車やバイクがあったら、今度からは可能なかぎり店やショールームに行ってみようと心に決めた。

そのほうが、絵に感動を込められる気がするのだ。

スポーツカーの仕事は、猛虎にとって新たなチャレンジであり、同時にいろいろなことを教えてくれた。

★
★
★

お祝いの小さなホールケーキを一緒に食べた中丸は、イラストを持ち帰ってＭＩＴＡに提出してくれた。

もう一人競争相手がいることでもあるし、決定まではまだまだ時間がかかるとのことである。

アシスタントに行くまでにはまだ一日あったから、その間に猛虎は何枚も違う角度からのイラストを描く。

もっともこちらは手慰みという感じで、チラシの裏にザカザカと描いただけだった。

せっかく写真をたくさん撮ったので、描いてみたかったのである。

アシスタントに行くまでそうやって楽しく時間を潰し、それからいつものように七生の世話を受けながらの四日間を過ごす。

美味しい食事と賑《にぎ》やかな職場は楽しく、絵をたくさん描けるのも嬉しい。

忙しいときでも睡眠時間は六時間確保してもらえるし、猛虎にとっては仕事というより初めて経験するサークル活動のような気分だった。

ただ、仕事に入って二日目に、野辺から電話がかかってきたのが気になった。

携帯電話に知らない番号から電話が来て、誰だろうと思いながらすみませんと謝って廊下に出た。訝しく思いながら、電話に出ると野辺だったのである。

野辺は久しぶりだねという挨拶から始まって、絵を見た、いい出来で部署内でも評判がいいと褒めてくれる。

まだもう一人の候補のイラストが届いていないからなんとも言えないが、野辺は猛虎のことを推してくれるつもりだという。

詳しく仕事の話をしたいから食事でも…と誘われ、まくしたてるようなその勢いに押し切られそうになる。

しかし中丸に気をつけるように強く釘を刺されているので、必死になって無理です、行けません、中丸に相談しないと…と断った。

アシスタントの仕事中だからと言って、ようやくのことで電話を切ったときには強い疲労を感じ、ハーッと溜め息を漏らしながら仕事部屋に戻る。

高野に、心配そうに聞かれた。

「誰からの電話？　なんか、トラちゃん、無理無理って言ってたけど」

「この前描いたイラストの会社の人で、仕事の話があるから食事でも…って誘われたんですけど、中丸さんにダメって言われてるから……」

「あー…トラちゃん髪を切って可愛くなったから、気をつけたほうがいいよ。中丸さんを通したほうが安全だって」

高野だけでなく米田まで、男でも安心できない時代だからなぁとうんうん頷いている。それから、中丸にも伝えておいたほうがいいと言われて、野辺から電話があった旨をメールした。

するとすぐに電話がかかってきて、猛虎は再び席を外すと、みんなの邪魔にならないよう仮眠室に移る。

通話ボタンを押すと、中丸が慌てたような声で確認を取ってきた。

『野辺さんから電話があったっていうのは、本当かい？』

「はい。つい、さっき。イラストよかったよと褒められて、それから仕事の話をしたいから夕食でもと言われて…ちゃんと断りました」

『そうか…それはよかった。……けど、どうにもまずいね。ボクは野辺さんにトラちゃんの電話番号を教えていないから、どこかに調べさせたんだな。その番号、他に誰が知ってる？』

「家族と、友達数人と、高弘先生のところの人たちだけです」

『じゃあやっぱり、興信所に依頼したとしか思えないな。……ということは、住所も知られたか……』

「住所？」

『電話番号だけしか調べないとは、考えにくいからね。住所やちょっとしたプロフィールも調べさせたと考えるほうが自然だ。まったく、妻子持ちのくせに」

中丸はブツブツと文句を呟き、くれぐれも注意するようにとくどいほど言って電話を切った。

着信拒否はさすがにまずいかと思い、猛虎は野辺の番号を登録して、かかってきても出ないようにした。

仕事中だから、音が出ないようにしていて気がつかなかったという言い訳もある。

実際、アシスタント中に何度もかかってきていて、着信中のランプが光るのを見るのが嫌になってしまったほどだ。

髪を切ると、こういう輩が湧いて出て困る。しかも強く言えば猛虎を押せると思っている威丈高なタイプが多く、学生時代からの猛虎の悩みだ。

野辺からの電話を無視しながらせっせと仕事をこなし、なんとか最後のコマまで埋め終わると、高野がそれをメールで中丸へと送った。

さすがに最後の夜はほぼ徹夜状態のアシスタントたちは帰宅するか、仮眠を取ってから帰るかのどちらかになる。

米田はいつも直帰で、高野は仮眠を取る。猛虎は終わったときの時間と眠気次第だ。

今回はカラーがあったし、いつもよりページ数も多くて時間がかかり、終わるのが午後も遅めの時間になってしまった。

下手に寝ると、帰るのが遅くなってしまう。だから眠気はあったものの、そのまま帰ることにした。

駅まで歩いて電車に乗って…座ったらぐっすり眠ってしまって乗り過ごす自信があったから、立ったままだ。

小さなアクビを繰り返しつつようやく最寄りの駅に着いて、眠いな～と思いながらアパートに向かう。

もう少しで着く…というところで、横をゆっくりと追い抜いていったベンツが少し前で停まる。ぼんやりしていた猛虎は気がつかなかったが、後部座席の窓が開いて野辺が顔を出したのでビックリしてしまった。

「やぁ、藤堂くん。奇遇だね。会合からの帰りなんだが、キミの姿を見てつい声をかけたくなってしまってね」

「はぁ……」

「イラスト、本当によかったよ。もう一人のイラストもできたから、今、選考に入っていて、かなりの接戦かな」

「そうですか」

「決定権は私にあって、どうしようか迷っているんだけどね」

「はぁ……」

寝不足で頭がボーッとしているので、言葉の意味は分かっていても内容が上滑りしてしまう。

ただ、中丸にくどいほど気をつけろと言われたことはちゃんと覚えている。

だから猛虎は、「はぁ」とか「そうですか」を繰り返しつつ、野辺の車に乗って話をしようという誘いには断りを入れた。

「どうしてだい？　仕事の話をしたいんだが」

「お話をされてもボクにはよく分からないので、中丸さんにお願いします」

「いや、でもね、キミのイラストなわけだから――……」

野辺はにこやかなまま、また話をイラストに戻し、評判がいい、どちらにするか迷っている、自分に決定権があると同じことを繰り返し、先ほどより強く車に乗るよう言う。

しかし再度それはちょっと…と断ると、ガラリと表情を剣呑《けんのん》なものに変え、声を低くして恫《どう》喝《かつ》し始めた。

「何度も言っているだろう、決定権は私にあると。選ばれなくてもいいのか？」

「それは…選ぶ人の自由なので……」

選ばれたら嬉しいが、何がなんでもとは思わない。そもそも候補の一人になれただけでも光栄だった。

覇気のない猛虎に苛立った様子で、野辺は矛先を変えてくる。

「……そういえば、あの中丸という男は無礼だな。キミの連絡先を教えろと言っても、教えないし。構文社の上のほうに報告して、担当から外してもらおうか」

その言葉には、さすがに目が冴《さ》えた。

「えっ⁉　中丸さんは、人見知りするボクのために窓口になってくれているんです。それに、中丸さんが無礼なんていうことは絶対にないと思います」

「藤堂くんにとってはそうかもしれないが、私にとっては無礼な態度に思えるんだよ。だから、それを構文社に伝えてもおかしくはないと思うけどね」

「でも…っ」

「まぁ、立ち話もなんだから乗りなさい。周りに迷惑だし、人目にも晒されるし」

「……………」

大きなベンツが道に停まって通行人の邪魔になっているから、確かにジロジロ見られている。目立つのが嫌いな猛虎がそれでも乗ろうとしないでいると、野辺はなおも言い募る。

「中丸くんが、無礼で気が利かないと苦情を申し立てられてもいいのかい？　私はそのつもりなんだが」

「困ります」

「それなら、車に乗って。彼が本当に無礼じゃないのか、私を説得してもらおう」

「……………」

中丸のことを持ち出され、猛虎は渋々ながら車に乗る。

静かに発進した車内で、中丸は本当に無礼なんかじゃないし、気も利く人だと一生懸命になって力説した。

それに対する野辺の反応は薄く、「ああ」とか「そう」といった気の乗らないものだ。

どうにも反応が悪い。野辺自身が車に乗れと言い出したのに、猛虎がどんなに中丸は悪くないと言ってもあまり耳に入っていない様子だった。

やがて車は煌《きら》びやかなホテルの前に停まり、部屋でお茶でも飲みながらきちんと話をしようと言われる。

「そ、それはちょっと……」

さすがの猛虎も危機感を覚えて嫌がるが、力ずくで車から降ろされてしまった。

野辺は運転手に、自分はこれから猛虎と打ち合わせがあるから先に会社に戻るようにと告げる。

猛虎は手首を掴まれ、ズルズルと引きずられる。思いっきり抵抗したいところだが、人目がある。周りにたくさんの客がいる場所で大騒ぎするのは避けたかった。

猛虎のそんな気持ちが仇となり、まんまと部屋に連れ込まれてしまう。

エレベーターの中に他の客がいたから嫌だと言えなかったが、部屋に入ってからは同乗した客に助けを求めるべきだったかと後悔する。

ようやく手を離され、ビクビクしながら野辺から離れると、野辺は用意してあったワインの栓を抜いてグラスに注ぎ、猛虎に勧める。

「……ボクは、飲めないので……」

「そうなのか？　それじゃ、こっちを」

無理に勧めるでもなく冷蔵庫から取り出したコーラを渡され、猛虎はあれっと思った。

意外なほどあっさりした態度に、変なふうに勘ぐりすぎただろうかという疑問が湧いたのだ。

促されるまま野辺の向かい側の椅子に座り、テーブルの上にコーラを置く。

落ち着かないでいると、野辺が話し始める。

「藤堂くんのイラストは、うちの若い子たちに本当に評判がいいんだよ。私もキミでいいんじゃないかと思っているんだが、相手のイラストレーターのも素晴らしくてね。しかも、彼は名前が売れているだろう？　どちらにするか迷ってしまって。キミは、どう思う？」

「そう言われても…ボクが何か言ってどうにかなるものではないし。イラスト自体はすごくがんばって描いたので、採用してもらえたら嬉しいですけど……」

「そうだろう？　選ばれたいよね。何を引き替えにでもして選ばれたいはずだ」

「そ、そこまでは思ってません。もともと好きな絵で食べていけたらいいな…くらいの気持ちなので、今回のも今一つ実感が湧かないというか……」

「何を言っているんだ。すごく大きな仕事なんだよ。キミにとって、千載一遇《せんざいいちぐう》のチャンスだ。

これで人生が変わるというのに、そんな呑気《のんき》なことでどうする」

勢い込んでそんなことを言われ、猛虎は困惑する。

「いえ、でもボク、あまり野心とかないほうなので……」

好きな絵で生計を立てるという夢は、中丸のおかげで実現している。あまり高望みをしすぎると自分を見失いそうだし、猛虎は現状に満足していた。

「なぜだ？　何百万単位の仕事を、欲しいと思わないのか？」

「……額が大きすぎて、ピンときません」

「じゃあ、どうしてついてきたんだ！」

「は……？　意味が分からないんですけど……」

「仕事が欲しくて、だからさほど抵抗もせずについてきたんじゃないのか？　そのつもりでいたんだろう？」

「目立ちたくなかったし、中丸さんのことで構文社に苦情を申し立てるって言ったから……」

「中丸か！　あの男が好きなのか？　もう抱かれたのか？　抱かれたから、仕事をもらったんだな⁉」

「……はい？」

いったい何を言っているのかと唖然《あぜん》とする猛虎をよそに、野辺はどんどんヒートアップしていく。

「可愛い顔をして、淫売か！　何が人見知りだっ。あいつめ…自分のものを取られないための言い訳だな。なんてやつだ！」

「え？　え？」

「あんな男より、私のほうがもっと大きな仕事をやれる。今回のだけでなく、他にもいろいろだ。だから、私にも抱かせろ。私の専属になるんだ」

「……………」

冗談ではすまないギラつく目で見据えられて、猛虎はゾッとして鳥肌が立つ。すごい形相で腰を浮かせた野辺が自分のほうに手を伸ばしてくるのに、猛虎は金縛り状態から解けて立ち上がった。

外に繋がる扉のほうには野辺がいるから、必然的に逃げる方向が限られる。猛虎はとっさにバスルームに駆け込むと、鍵をかけて閉じこもった。すぐにドンドンと扉を叩かれ、怒鳴り声が聞こえてくる。

「出てこい！　何をしているんだっ」

猛虎は豹変《ひょうへん》した野辺にオロオロし、どうしようどうしようと動揺する。これはもう、自分ではどうにもならない。誰かに助けを求めなければ…と思ったとき、頭に浮かんだのは中丸だ。そしてポケットの中に携帯電話があることを思い出し、急いで電話をかけた。

二度、三度と呼び出し音が鳴る間も、野辺は騒いでいる。

「出てこいったら、出てこい！　優しくしてやれば、なんだその態度は！」

猛虎の二十二年の人生の中で、こんなふうに怒鳴られたことはない。しかも相手は自分への怒りと欲望を隠さないのだから、怖くて仕方なかった。

四度目の呼び出し音の途中で中丸が出てくれて、猛虎はパニックのまま勢い込んで助けを求める。

「な、中丸さん、助けてください！　野辺さんがっ」

『えっ、何？　野辺さんがどうしたって？　助けてって…まさか、今、野辺さんといるのか⁉』

「アシスタントからの帰り道、話があるからって車に乗せられて…今、ホテルの部屋のバスルームです……」

説明している間も扉の外からは怒鳴り声が続いていて、携帯電話のマイクがそれを拾っているらしい。

中丸はそれで状況を悟ったのか、怒った声でホテルの名前を聞いてくる。

猛虎はホテルの名前を言い、それからなんとか思い出せた部屋番号を告げた。

『分かった。もう、そっちへ向かっているから。ここからだと…タクシーで十分というところかな。それくらいもちそうかい？　それとも、ホテルの従業員に助けを求める？』

「え？」

『バスルームなら、電話がついているだろう？　それでフロントに連絡して、助けてもらうんだ』

「………」

そこで猛虎はバスルームを見回し、壁に白い電話が取りつけてあることに気がついた。

「……ありました」

『状況を説明すれば、すぐにフロントの人が助けに来てくれる』

「で、でも……」

知らない人に、この状況を説明するのはつらい。それに口論に自信のない猛虎では、野辺がウソをついたり言いがかりをつけてきたときに勢いに負けてしまうかもしれない。

躊躇《ちゅうちょ》していると、中丸が追い打ちをかける。

『ホテルのバスルームの鍵は、たいていコイン一つで簡単に開けられるようになっているんだ。野辺さんがそのことを知らないのか、それとも冷静さを失っていて思い出さないのかは分からないが、鍵がついているからといって安心できる状況じゃないんだよ』

「………」

猛虎はゾッとして、思わず鍵を見つめる。

ドアノブが何度もガチャガチャ回されているが、その鍵のおかげで開けられずにすんでいるのだ。

「……これ、鍵がなくても開けられるんですか……？」

『そうだよ。だから、バスルームに逃げ込めたからといって、安心はできないんだ。ボクとしては、フロントに電話をして助けを求めるのが一番だと思う。話しづらいかもしれないが、トラちゃんの安全が一番だからね』

「………」

優しく言われて、猛虎はキュッと胸のあたりが痛むのを感じる。

「ど、どうすればいいんですか？」

『そうだな…野辺さんが今のようにドアに張りついて怒鳴り続けている間は安心だけど…とりあえずフロントに電話をして今の状況を説明して、怒鳴り声も聞いてもらうといい。それからボクがもうあと七、八分で到着することを伝えてもらえるかな？　この電話も、通話状態のままで』

「はい、分かりました」

猛虎は左手に携帯電話を握ったまま壁の受話器に手を伸ばして外すと、フロントと外線のボタンがあったから、フロントを押して相手が出るのを待った。

『――はい、フロントでございます』

「あ、あの――……」

猛虎は言葉につかえながらも必死に、今の状況を説明する。

相手も最初は戸惑っていたようだが、すぐに理解してくれた様子だった。効果音として、「何をしている！」「出てこい！」「いい加減にしろ！」などと怒鳴り散らしている野辺の罵声《ばせい》が届いたのが大きいはずだ。

フロントの冷静さに救われながら、もうすぐ中丸という人がホテルに着くと伝える。できればその人を待って助けに来てほしいと言い、でもその前に鍵を開けられたらどうしようと呟くと…受話器をそのままにして状況が分かるようにしてくれれば、臨機応変に対応しますと言われる。

野辺がこのまま冷静さを欠いて怒鳴り散らしてくれれば待てるし、冷静さを取り戻して鍵を開ける方法を思いつけば中丸を待たずに助けに入ってくれるという。

猛虎は心の底から安堵し、礼を言って受話器をなるべく扉に近い場所に置いた。

それからバスルームの端に移動し、小さくなって座りながら携帯電話を耳に当てる。

「中丸さん？　今の、聞こえてましたか？」

『ああ、大丈夫。だいたいのところは分かったから。さすがにフロント係は冷静な判断だな。トラちゃんは大丈夫かい？』

「怖いですけど…ホテルの人が、部屋の外に待機してくれると言ってくれたので……。中丸さんが来る前に危なくなりそうなら、踏み込んでくれるそうです」

『ホテルのスタッフは、きっとこういう事態も初めてではないんだと思うよ。だから、対応も慣れているんだ。――もうすぐ着くから、がんばって』

「はい」

野辺は相変わらずガンガンと扉を叩き、喚《わめ》いている。

どうして出てこないんだとか、美味しい仕事をもらえるんだぞとか、中丸に抱かれたなら自分でもいいだろうといった、暴力的で下卑た言葉だ。

放置している間にどんどんヒートアップしてきたそれは、しまいには「出てこい、淫売！」というものにまでなっている。

なんともひどいそれに、猛虎は片方の耳を塞《ふさ》ぎ、携帯電話から聞こえる中丸の声のほうに意識を向けた。

『野辺の言うことなんて、聞かなくていい。あれが怒鳴っている間は安全だと考えて、言っていることは無視するんだ。大企業の部長という座に胡坐《あぐら》をかいて、その役職を利用してさんざん旨い汁を吸ってきたヒヒジジイの言うことなんて、聞く必要ないよ。大丈夫、野辺には何もできないから。部屋の外にはきっとホテルの人が待機してくれているし、猛虎くんは大丈夫』

中丸の声が、猛虎を落ち着かせてくれる。相変わらず喚いている野辺は怖いが、大丈夫なのだと思わせてくれた。

飽きることなく下品なことを怒鳴り続けている野辺が、途中、いきなり優しげな声に変わって、「興奮してごめんね。でも、キミが悪いんだよ。こんなふうに焦らして、罪な子だ。大人をからかうなんて、ベッドでたくさんお仕置きをしてあげないといけないな」などと言い出す。

「………」

怒鳴り声も怖いが、猫撫で声も違う怖さがある。しかもその内容が、非常に妄想チックなのだ。

「さぁ、怖がらないで出ておいで。大丈夫、ちゃんと優しくしてあげるから。私たちの初めての日を、思い出に残るものにしよう」

「………」

さっきまで出てこいと怒鳴っていた人間と同一人物とは思えない。大企業の部長という役職にあり、見た目も態度もそれなりの人間だったのに、いったいどうしたんだろうと寒気がした。

「さぁ、いい加減拗《す》ねていないで出てきなさい。私は寛大だから、怒ったりしないからね。さぁ、早く。さぁ」

その穏やかさすら怖く感じる猛虎だが、出ていくはずがない。

すると野辺は、再び穏やかさを捨てて激昂《げっこう》し始めた。

「どうしてキミはそんなに反抗的なのかなぁ。あまり意固地になると、私の堪忍袋《かんにんぶくろ》の緒《お》が切れてしまうよ。出てきなさいと言っているんだから、出てきなさい。早くするんだ。まったく、どうして私の言うことを聞かない！　優しくしてやればいい気になりやがって‼」

それからまたドンドンという音と、怒鳴り声が続く。

猛虎はもう、早く中丸が到着してくれますようにと祈るばかりだ。下手に話しかけて更に興奮させたら怖いし、プルプルと震えて縮こまるしかない。

『もうすぐだから、がんばって。……トラちゃん？　今、ホテルの入り口に着いたから。すぐに上に行くよ』

「はい……」

ようやくこの騒ぎも終わるとホッとしながら猛虎は肩から力を抜いた。

もうすぐだと思いながら、野辺ではなくその外の気配に神経を向ける。

早く早くと思っていると、怒鳴っていた野辺の声が一瞬途切れた。

「早く出て——なんだ、お前たちは。ここは私の部屋だぞ⁉」

「野辺さん、ずいぶんなことをしてくれましたね」

「中丸‼」

その声に猛虎はハッと顔を上げ、慌てて扉のほうへとにじり寄る。

「何をしにきた、帰れ！　あれは私のものにするんだ」

「今まで仕事を餌に何度かうまくいったからといって、こんな強引な手に出るとは思いませんでしたよ。自分の立場を理解していないと見える」

「何を！　うちから広告をもらっている分際で、偉そうに。うちが構文社からすべての広告を引き上げたらどうなるか分かっているのか⁉」

「そんな権限は、あなたにはないでしょう。たかが広報部長が…しかもこんな下世話な理由でうちからすべての広告を引き上げさせようとしたら、降格は間違いない。というより、降格程度ですんだら運がよかったと思うレベルです。何しろあなたがその地位についているのは、奥さんのおかげですからね。ＭＩＴＡの親族である奥さんをもらいながら、よくこんな危険な橋を渡るものだと感心してしまいますよ。バレたら離婚だけではすまない気がするんですけどね」

「な、何を…妻に言うつもりか⁉　この卑怯者‼　私の家族を悲しい目に遭わせようというのかっ。まだ小学生の子供がいるんだぞ」

「これは本来、警察に通報するような案件ですよ。そしてこのホテルはＭＩＴＡと提携していて、この部屋はＭＩＴＡで契約している。騒ぎを起こせばＭＩＴＡに報告するのは当然でしょう。実際、隣室の宿泊客や、部屋の前を通りがかった人たちから事件ではないのかとフロントに連絡がいったようですし。脅迫込みの浮気をするのに、よく会社で契約した部屋を使おうと思いましたね」

「ぐぬぅ」

中丸の声にはたっぷりと侮蔑《ぶべつ》が込められていて、あれだけうるさかった野辺も返す言葉がないようだ。

「こんな騒ぎを起こしたからには、覚悟をしたほうがいい。奥様もあなたのちょっとした摘み食いには気がついているでしょうが、恥をかかされるとなると話は別ですからね」

「妻に告げ口するというのか⁉　卑怯者めっ」

「私が言うまでもなく、もうＭＩＴＡに報告がいっているでしょう。この部屋は、ＭＩＴＡの部屋なんですから。そんなことも分からず、あんな大声で怒鳴りまくっていたんですか？　ホテル代をケチって、証拠がはっきりと残る浮気をするだけはありますね」

「――なっ！」

「早く帰って、奥様に言い訳をしたほうがいいですよ。遅くなればなるほど、あなたは家や会社から叩き出される可能性が高くなります。もちろん、私からも正式に苦情を申し立てますが、これから大変ですよ」

「……………っ‼」

バタバタと部屋を出る気配が感じられ、バスルームの扉のすぐ側で中丸の声がする。

「――トラちゃん、もう大丈夫。あいつはいなくなったから、出ておいで」

「………」

その言葉に猛虎はカチリと鍵を開け、バスルームの外に出る。

「中丸さんっ！」

抱きついて腕の中にスッポリと包まれると、ドッと安心感が押し寄せて猛虎の目からポロポロと涙が零《こぼ》れる。

「ううっ…怖かった……」

「大変だったね。まさかいい年をして、立場のある人間がこんな強引な手に出るとは思わなかった。甘く見ていたボクのせいだ」

「な、中丸さんのせいじゃありませんっ。ボクが…車に乗っちゃったから…この部屋に連れてこられるまでだって、なりふり構わずに助けを求めればよかったのに……」

「それは普通に考えて、なかなか難しいことだよ。あの人に下心があるのは分かっていても、妻子も立場もある人が、力ずくでどうにかしようとは思わないだろうし。今まではちょっとした報酬を餌にするだけで成功していたのかな？　トラちゃんに逃げられて、キレまくっていたね」

「怖かった……」

親に怒鳴られたのだって数えるほどなのに、あんなふうに理性を失って罵詈雑言《ばりぞうごん》を浴びせられたのは初めてだ。襲われるかもしれないという危険も相まって、本当に恐ろしい思いをさせられた。

抱きしめられ、優しく背中をさすられて、猛虎も少しずつ落ち着きを取り戻す。

「とりあえず、移動しようか。ここは落ち着かないだろう？」

「はい」

中丸にしがみついたまま肩を抱かれ、出口へと促される。

出る前に中丸がホテルの制服を着た人たちに礼を言うのに、猛虎もペコリと頭を下げた。

「あの…ありがとうございました。フロントの人にも、ありがとうございましたとお伝えください。すごく頼もしかったです」

「はい、必ず伝えますので」

「よろしくお願いします」

　彼らに見送られてエレベーターで一階へ、そのままホテルを出てタクシーに乗る。

「トラちゃんの部屋は野辺さんに知られている可能性が高いから、ボクのところに避難したほうがいい。一応、それなりのセキュリティーもあるしね。しばらくいてもらうことになるから、着替えと身の回りのものを取りに寄るよ」

「はい……」

　猛虎のごく限られた交友関係の中で、そうそう知られるはずのない携帯電話の番号が知られている。猛虎のアパートの近くで会ったこともあり、住所が知られているのは確実そうだった。

　こんな状況では、アパートの自分の部屋にいても、いつ野辺が来るかとビクビクしなければならない。だから、中丸のところに避難させてもらえるのはありがたかった。

　猛虎のアパートの前でタクシーを降りて、部屋へと向かう。中に入ると帰省用の大きなバッグを出して、着替えを適当に詰め込んだ。

　絵の道具のほうは、もっと慎重だ。中には猛虎にとってとても高価だったものもあるから、自然と扱いが丁寧になる。

「トラちゃん、冷蔵庫を開けてもいいかな？　いつ戻れるか分からないし、腐りそうなものは持っていったほうがいいから」

「あ、お願いします」

そういう心配もあるのかと思いながら猛虎は絵の道具をまとめ、紙の束やスケッチブックも鞄の中に詰める。

それから戸締まりを確認し、使わない電気機器のコンセントを抜いて、ガスの元栓を閉めた。アシスタントに出るときはたいてい四日しか留守にしないから、元栓までは閉めたことがない。けれど今は、野辺の危険が去るまでどれくらいかかるか分からなかった。

「忘れ物はないかい？」

「大丈夫です」

「それじゃ、行こうか」

「はい」


大通りに出てタクシーを停めた二人は、中丸のマンションへ向かう。それは車で二十分ほどの場所にあり、入り口で暗証番号を打ち込んで建物内に入るセキュリティーの整ったタイプだった。

「暗証番号は一七〇四。合鍵はあとで渡すよ」

「すみません」

「気にしないで。気楽な一人暮らしだから、ずっといてくれても大丈夫だよ」

「はい……」

エレベーターで五階へと上がり、一番奥まった場所にある部屋に入る。

「どうぞ」

「お邪魔します」

中丸の部屋は、やたらと広い1LDKだ。隅のほうに大きなベッドがあって、目隠しがわりに飾られた木製の衝立がある。

しかも壁のほとんどは本棚で埋められていた。

「……広い」

「ああ、もともとは2LDKだったからね。客を呼ぶつもりがないから壁を取り払って、1LDKにしたんだよ。狭いと息が詰まるような感じがしてね」

「そう…ですか？」

両親の家にある猛虎の部屋は六畳で、今借りている部屋も八畳くらいだ。家具があるから、実際はもっと狭く感じる。

だから中丸の言葉は理解できなかったし、広すぎて落ち着かない気がした。

中丸に促されるままちょこんとソファーに座り、窓の外の風景を眺《なが》める。

中丸はコーヒーを淹れてくれて、猛虎はそれをコクリと飲んだ。

「美味しい……」

「嗜好品《しこうひん》には、こだわるほうなんだ。どうせ飲むなら、美味しいほうがいいからね」

「……」

店で買った惣菜やレトルト、冷凍食品で過ごしている猛虎は、何も言えずコーヒーを堪能《たんのう》する。

「……さて、それじゃ詳しく話を聞こうか。だいたいのところは把握しているけど、そもそもどうして車に乗ったのかな？　まさか、言うことを聞けば仕事をやるなんていう甘言に乗せられたわけじゃないだろう？」

「それは、違いますけど……」

「それじゃ、どうして？　トラちゃんの性格からして、乗った理由がよく分からない。野辺さんの下心には気がついていたのに」

「野辺さんがしつこいから通行人にジロジロ見られていたし…野辺さん、構文社に報告するって……」

「うちの会社に？　何を？」

「……中丸さんが、無礼だって。失礼な態度を取られたって、苦情を申し立てるって言われたんです」

「なるほど…そう脅《おど》されて、車に乗ったのか」

「はい……」

「そんな脅しに怯《おび》える必要はなかったのに。ＭＩＴＡの広報部長からの苦情となればそれなりに面倒だけど、ボクも仕事ではそれなりに信頼を得ているからね。それくらいで処分されたりはしないよ」

「そう…なんですか？」

「もちろん事情を聞かれたりはするだろうけど、本当のことを言えば納得してくれるんじゃないかな。この手の悪評は表立って流れることはないけど、裏ではわりと知られていたりするから。会社の契約したホテルで浮気をするような間抜けなら、尚更だよ」

「はぁ……」

それならやはり車に乗る必要はなかったのかと、猛虎は落ち込む。

あの場を離れて冷静になってみれば、野辺についていっても自力ではとても説得などできなかったと分かる。

身を危険に晒し、事を大袈裟《おおげさ》にして中丸の仕事の邪魔をしただけだ。

目の色を変え、ものすごい形相で迫ってきた野辺を思い出し、猛虎はブルリと震える。

ついでに野辺に言われたひどいこと、それを電話越しに中丸にも聞かれたことを思い出した。

「あ、あのっ。野辺さんが言ったことは、でたらめですから！　中丸さんに抱かれたんだろうとか、そういうこと、ボクは一言も言ってません。あの人が勝手に思い込んだだけで——……」

猛虎は中丸に向かって必死に言い訳をする。

中丸に誤解をされたくない一心だったのだが、中丸は笑いながら猛虎を宥《なだ》めた。

隣に座り、ポンポンと優しく背中を叩かれる。

「大丈夫、落ち着いて。分かっているから」

「……………」

「あれは、野辺さんの勝手な思い込みだ。キミがボクに抱かれているから仕事を回してもらっていたとでも言ったんだろう？」

「そ、そうです。違うって言ったのに、全然聞いてくれなくて……」

「自分がそういうことをする人だから、他の人もそうすると思い込むんだよ。実に卑しい考え方だけど、残念ながらそういう考えの人はいるからね。人を見る目も、絵を見る目もないんだな。トラちゃんの可愛い顔だけを見て、勝手に妄想を膨らませたんだろうね」

「だから、顔を隠してたのに……」

この顔は、いいことよりも悪いことを呼ぶほうが多い。さすがに野辺のように極端すぎる行動を取る人間はいなかったが、似たような言葉をぶつけられた経験は今までに何度もあったのである。

　思わずまたズシンと暗くなる猛虎に、中丸が困ったような声で言う。

「……でも、野辺さんの思い込みは別にして、ボクはトラちゃんを抱きたいと思ってる。そういう意味で、トラちゃんのことが好きなんだ。ただ単に、顔が可愛いからじゃないよ？　トラちゃんの何もかもがとても可愛くて、愛おしい……」

「えっ……」

　突然の言葉に猛虎は目を見開き、驚きの声を上げる。

「す、好き……？」

「そうだよ。ボクは、トラちゃんが好きなんだ。こんなときに言うのもどうかと思うけど、変なふうに思い込まれたままなのも困るし。野辺はトラちゃんの顔だけを見て迫ったかもしれないけど、ボクは違う。行動や考え方、ちょっと不器用なところも全部好きになったんだよ。トラちゃんは？　ボクのこと、嫌い？」

　その問いに猛虎は慌ててブルブルと首を横に振る。

「それじゃ、好き？」

　今度はうんうんと頷いたものの、困惑は大きい。自分の好きが、中丸と同じ意味での好きかどうかは分からなかった。

　引っ込み思案で周りとうまく馴染めずにきた猛虎にとって、中丸は心の内側まで入り込んできた唯一の人だ。

中丸が七生などの優しい人たちに繋げてくれて、イラストの仕事もくれた。

今、猛虎の生活は幸せで充実したものになっている。そのすべては中丸のおかげであり、中丸はとても大切な人で、とても好きだった。

だから好きかという質問には素直に頷けたが、もしその質問が抱かれてもいいかというものだったら頷けなかったに違いない。

人と触れ合うこと自体が苦手なのに、男同士なんて未知の世界だ。

困惑と不安を滲ませる猛虎に、中丸は笑いながら言う。

「今は、好きだって言ってくれるだけで嬉しいよ。しばらく一緒にいられることだし、のんびり口説かせてもらうから」

でもこれくらいは大丈夫かな…と呟き、キスをする。

「――――」

触れるだけの優しいキスだが、驚き固まる猛虎に聞く。

「気持ち悪かった?」

猛虎がプルプルと首を横に振ると、もう一度キス。

今度は先ほどよりも長いものだった。

「ボクとしては恋人としてお付き合いをさせてもらうつもりだから。こうして、少しずつ触れ

合うことにも慣れていこうね」

ニッコリと微笑みながらも、有無を言わさぬ強い響きがある。

いかにも優しく譲歩してくれているようだが、実は中丸の望む方向に誘導されていた。

猛虎は展開の速さに目を白黒させ、混乱した気持ちのまま中丸の言葉にコクコクと頷く状態だった。

★★★

中丸の部屋での、居候《いそうろう》生活が始まる。

猛虎は今、野辺のせいで一人で外出するのが怖い状態だったから、部屋に籠もってずっと絵を描いていた。

中丸の部屋にはたくさんの本と雑誌があって、好きに読んでいいと言われている。

この広い部屋の壁は、ほとんど本棚で埋められている。それだけに興味を惹かれる本も多く、中でもクラシックカーとオートバイの写真集には心惹かれた。

雑誌で見たことのある車体もあったが、一冊にまとめられると壮観だ。しかも撮り手自身の愛情が伝わってくる写真の数々は、思わずうっとりさせられてしまう。

それだけでなく戦闘機や戦車、世界のパトカーや消防車の写真集まであって、猛虎が退屈することはない。

絵を描く道具も持ってきたから、いくらでも部屋の中に閉じこもっていることができた。

「こうやって見てみると、あのスポーツカーって本当に進化系っていうか…カッコいいんだなぁ」

ＭＩＴＡの新車の写真も持ってきたから、改めてマジマジと見直す。

なめらかな曲線を意識したというスポーツカーは、本当に美しかった。

「……こっちの角度も描きたい……」

次のアシスタントの仕事まで、時間はたっぷりある。猛虎は欲求の赴《おもむ》くままペンを走らせていった。

そんなことをしているうちに中丸が仕事から帰ってきて、夕食は中丸が買ってきたものを食べるか、一緒に外に出て外食したりする。野辺が待ち構えているようで怖いが、中丸が側にいてくれれば安心できた。

朝食は中丸と一緒に簡単なものを作って食べて、一人での昼食は食べたり忘れたりだ。

宣言どおり中丸は猛虎を恋人として甘く扱い、キスも毎日繰り返される。

最初は不意打ちにされることが多く、そのうちに目を合わせてからのキスが増えた。何度もしているうちに少しずつ長く、そして少しずつ深くなっている。

慣れてくれれば猛虎も抵抗なく受け入れることができるようになり、寝る前にベッドでキスされながら眠りに入るのはとても気持ちがいいものだ…などと思う。

覇気がなく、期待できない長男として育った猛虎にとって、こんなふうに自分だけを見て構ってもらえるのは嬉しいことだった。

中丸にキスをされ、甘やかされるのは気恥ずかしいが、とても幸せに感じていた。

けれど同時に後ろめたい気持ちもあって、中丸に好きだと言われたのに対して、返事を保留にしたままなのだ。

猛虎の中で、まだ答えは出ていない。

中丸は好きだし、キスされるのも嫌いじゃない。とても気持ちがよく幸せな気分になれるから、嬉しいとさえ言える。

しかし恋人のように扱われるのと、実際に恋人になるのは違う。中丸の特別な存在になれるのは嬉しくても、肉体関係も求められる恋人になるのは怖かった。

抱かれる…という行為が、猛虎にはとても怖い。

裸身を晒して、触られて、みっともない姿を見られるのかもしれないのである。

それに男同士での最終的な行為を想像すれば怖いのも当然で、それはあまりにもハードルの高いものだった。

今の生ぬるい状況が、猛虎的には最良だ。野辺の手が届かないマンションに引きこもって大切にされ、中丸の庇護のもとでぬくぬくと安全に暮らさせてもらっている。

中丸を恋人として好きかどうか、自分でもまだ確信がもてないとはいえ、ただセックスをするのが怖いから恋人になるのは無理だと断るのも違うと思う。猛虎にとって中丸は、すでに失うにはあまりに大きな存在になっていた。

野辺のことがあるからとはいえ居候させてもらって悪いなとか、早くちゃんとした答えを出さなければ…など、考えることはたくさんある。

なんとも複雑な気持ちを抱えながら日々を送っていたある日、いつもどおり絵を描いていた猛虎の携帯電話が鳴った。

中丸からで、MITAのイラストが猛虎に決まったという。

あんなことがあったからてっきりダメになったとばかり思っていただけに、飛び上がるほど嬉しかった。

中丸の部屋に籠もっている間も気が向けば例のスポーツカーを描いていたので、それらも日の目を見るかもしれないと喜んだ。中丸が休みの日に部屋まで同行してもらって、わざわざ彩色の道具を取ってきて仕上げたイラストが何点もあるのだ。

イラストの採用に当たって詳しい話を聞きにMITAに行かなければならないが、一人では怖い。

中丸の都合がいいときに、一緒に行ってもらうことになった。

日にちを決め、約束を取りつけて、ワクワクしながらその日を待つ。

当日の朝は中丸と一緒にマンションを出て、まず構文社に寄ってちょっとした用事をすませてから、MITAに行くことになっていた。

中丸が猛虎のアパートから持ってきてくれたスーツを着込み、身支度をして中丸とマンションを出る。

最寄りの駅から電車に乗り、約十五分ほどの場所にある構文社へと向かった。

「MITAに行くのに、手土産とか持っていったほうがいいでしょうか？」

「いや、必要ないと思うよ。向こうも期待していないだろうし」

そんな会話をしながら構文社のビル近くまで歩いてきたときだ。

もうすぐそこだと思っていると、ビルの横から人影が飛び出してきた。

「中丸うぅぅっ！」

呪いのような唸り声とともに野辺が中丸に向かって突進してきた。その手にはナイフが握られている。

「殺してやる！　死ねっ、殺す！　お前のせいだ！　お前のせいでオレは――っ‼」

怒鳴りながら大きくナイフを振り上げ、中丸に切りつけようとする。

「――つっ⁉」

中丸は硬直して動けないでいる猛虎を自分の背後に隠し、野辺の振り上げた腕を思いきり蹴り上げた。

ナイフが弾け飛び、野辺がバランスを崩す。

「舐めんじゃねぇぞ、ジジイ！」

ギャッと悲鳴を上げる野辺を殴りつけ、倒れたところを何度も蹴りつけた。

「ひぃぃぃ…や、やめてくれっ」

ひいひいと痛がり、地面で丸まるのを容赦なく蹴り続ける中丸は、いつもとまったく違って鬼のような形相だ。

優しく穏やかで、声を荒らげることさえなさそうな柔和さが消え、炎のような激しさを噴出させている。

暴力的な行為に慣れていない猛虎はそれに怯えつつ、これ以上蹴って野辺に何かあったら中丸が犯罪者になってしまうと、後ろから中丸に抱きついて止めようとする。

「な、中丸さん、もうやめてくださいっ」

必死になってしがみついていると中丸の動きは止まり、そこに通報を受けた警察官が駆けつけてきた。

「――これは……」

グッタリと倒れている野辺と、まだ興奮の収まらない中丸。いったいどちらが犯人かと困惑しているのが分かる。

満身創痍《まんしんそうい》なのは野辺のほうだし、その手にはナイフも握っていないので迷うのも理解できた。

しかし幸いにして通報してくれた人が野辺を指さし、「この男が犯人です！　そのナイフで、この男の人を刺そうとしました‼」と言ってくれる。

でなければ、危うく中丸が逮捕されていたかもしれない。

警察はナイフを回収し、野辺のために救急車を手配する。

中丸と猛虎、それに通報者も警察署に行って事情聴取を受けることになるが、怯えきった猛虎は中丸から離れられない。

別々に聴取を…と言われても、中丸の腕にくっついてイヤイヤとばかり首を横に振った。自分の顔から血の気が引いている自覚はあったので、警官たちも無理強いはできなかったのだと分かる。

警察署にはたまたま中丸の知り合いの刑事がいたこともあって、二人一緒に聴取を受けることができた。

もっともショックからなかなか立ち直れない猛虎は、中丸の説明にうんうんと頷くしかできない。頭がうまく働かないのだ。

一時の激昂が収まった中丸はいつもどおりの穏やかさで、理路整然と起きたことを説明する。野辺が襲ってきた理由も説明し、ＭＩＴＡ側に猛虎がホテルで襲われたことに苦情を申し立てる際、野辺の身辺調査の報告書を提出していることも言う。

そこには過去、猛虎と似たような方法で被害に遭ったり、遭いそうになった人々の情報が記載されていた。

重役の娘婿とはいえこれは問題だとＭＩＴＡ側も調べてみたら、すべて事実と判明したうえ、中丸が依頼した探偵に刺激された被害者たちが集団訴訟を検討しているらしい。

被害者の一人がインターネットの掲示板に野辺のことを載せたら、似たような被害者たちが次々と名乗りを上げてきたというのだ。

これは大変だと上層部は慌てふためき、野辺に退職金ありの自主退職か、退職金なしの懲戒解雇が迫り、自主退職となった。

ガクリと肩を落として野辺が帰宅をすれば妻は子供を連れて実家に帰っており、テーブルの上には離婚届け。

妻の弁護士からは財産分与できっちり半額もらうだけでなく野辺の浮気という有責で多額の慰謝料も覚悟するようにと言われたらしい。

おまけに過去の被害者たちの弁護士からも連絡があって、集団訴訟を起こす準備があると宣言された。

慌てて自分の弁護士に電話をすれば、訴訟を起こされたらまず勝てない、和解したほうがいいと言われるが、人数が多いので全財産を失う可能性が高かった。

お先真っ暗な状況に野辺は中丸を逆恨みし、こんなことになったのもすべて中丸のせいだとナイフを手に構文社の前で待ち伏せをして襲ったらしい。

中丸はMITA側から野辺の退職を聞き、野辺の身辺調査を依頼した探偵――大学時代の友人から野辺の現在の状況を聞いていたとのことだった。

猛虎のイラストが採用されたと連絡を受けた時点で探偵への依頼を打ち切った矢先に、野辺が襲ってきたらしい。

もう少し調査させていれば猛虎に怖い思いをさせずにすんだのに…と、中丸は後悔している。

中丸が知っていることをすべて話して警察署から解放されると、二人はタクシーに乗ってマンションへと戻った。

タクシーの中で中丸は、構文社とＭＩＴＡに連絡を入れて状況の説明をする。それから猛虎がショックを受けているから、今日は彼に付き添って休むということも言った。

猛虎はそれを聞いて、もう外に出なくてすむのだとホッとする。野辺が逮捕された今、危険は完全に取り除けたのだが、外出することへの恐怖は残ってしまっていた。

タクシーを降りて部屋に戻ってからも、猛虎はショックから立ち直れない。中丸はそんな猛虎に温かな紅茶を渡し、もっと警戒するべきだったと謝罪した。

「中丸さんは、悪くないです……」

けれど中丸が殺されていたかもしれないという恐怖はそうそうなくならず、猛虎は中丸にギュッとしがみつく。

「怖かった……」

「野辺が追いつめられているのは分かっていたけど、まさかああいう行為に出るとは思わなかった。有り金を持って逃げ出すタイプだと思っていたんだよ」

だから油断したと溜め息を漏らし、中丸は猛虎を膝の上に乗せて抱きしめる。

「中丸さん…刺されて、殺されるかも…って……」

「それはないな。こう見えて高校時代はちょっとヤンチャをしていたから、あんなオッサンに刺されるほど鈍っていないよ」

「ヤンチャ？」

「まぁ、若さゆえの勢いというか…ボク自身は警察のお世話になるようなヘマはしなかったけど、知り合いにはなったなぁ」

それが今日会った刑事だと言われ、猛虎は目を丸くする。

「中丸さん、不良だったんですか？　暴走族とかそういうの？」

「いや、バイクじゃなくて車というか…まぁ、若かったから」

「喧嘩《けんか》とかしたんですか？　したんですよね？　だから野辺さんが襲ってきても大丈夫だったわけだし…怪我とかしなかったんですか？」

「軽く刺されたり、腕を折られたことはあったけど、問題ないよ」

「さ、刺される……？　腕を折られる……？」

何それ…と、猛虎は目が回りそうになる。

どちらも大変で、すごく痛いはずで、どうして中丸は問題ないなどと言えるのか理解できなかった。

「まぁ、そこは若さっていうやつで。鼻息が荒い年頃だったからねぇ。そういうのが楽しいというか、カッコいいと思っていた時代？　黒歴史というほどではないけど、気恥ずかしいのは確かかな」

「………。怪我は、大丈夫だったんですか？」

「もちろん。後遺症とかは、一切なし。ちょっと痕《あと》は残ったけどね」

「痕……」

「見るかい？　大したことないよ」

「……見たい、です」

「そう？」

それじゃあと中丸はシャツのボタンを外し、右の脇腹にある古傷を見せる。さほど大きなものではないが、白く引き攣《つ》れた痕は痛々しかった。

猛虎は顔をしかめ、ソッと傷跡に触れる。それから中丸をジッと見つめ、訴えた。

「もう、危ないこと、しないでください……」

「ああ、もちろん」

「中丸さんが怪我するの嫌だし、殺されるかもしれないと思ってすごく怖かったし……――自分の気持ちをちゃんと伝えてないのに中丸さんに何かあったら、きっとすごく後悔するって思いました。ボク…中丸さんが好きです。ちゃんとした恋人にしてください」

「……え？」

虚をつかれたような表情でキョトンとする中丸に、猛虎はアワアワする。

「ダ、ダメ…ですか？　もう、遅い？　中丸さんと一緒にいられるのが心地よくて、ズルズル結論を出さないままきちゃって……」

中丸はとてもモテるようだし、やはり遅すぎたかとシュンとする猛虎に、今度は中丸のほうがあたふたし始める。

「いやいや、突然で驚いただけだから！　トラちゃんは暴力は苦手みたいだし、野辺にあんなことをしたのを見られて、しまったな、引かれるかな…と思っていたところに好きと言われて、心の底からビックリしたんだよ。あの…本当に……？」

「はい。野辺さんはナイフを持って襲いかかってきたんだから、ああいう目に遭って当然だと思います。中丸さん、誰彼かまわず手を上げるような人じゃないし……。あのとき感じたのは、中丸さんが刺されたらどうしよう、死んじゃったらどうしよう、野辺が蹴り殺されたら中丸さんが犯罪者になる…って、中丸さんのことばっかりでした。それで、好きなんだなぁって思って……」

「野辺を蹴りつける姿に、怯えたんじゃなく？」

「それは…暴力は怖いですし、中丸さんは穏やかな人だと思っていたからすごく驚きましたけど…でも、中丸さんだから」

その言葉に、猛虎の思いがすべて込められている。

怯えたのも本当だし、怖くも感じられたが、それが中丸なら大丈夫なのだ。それくらい中丸を信頼し、依存ともいえる強い感情を抱いていた。

「……触られても、怖くない？」

言いながら頬に触れ、首筋を撫でる中丸に、猛虎はコクンと頷く。

毎日、幾度となくされるキスが、中丸との接触に対する身構えや強張りといったものを取り除いてくれていた。

中丸とのキスは気持ちよく、抱きしめられるのも嬉しい。背中を撫でられ、時折足や腰を撫でる感触に、ゾクリとしたものを感じてもいた。

中丸に触られるのは、きっと気持ちがいいはずだ。

恋人になって、抱かれて、名実ともに中丸の隣にいられる自信がほしいと思った。

猛虎はドキドキしながら手を伸ばし、中丸の頬に触れる。そして中丸と同じように頬を撫で、首筋へと滑らせた。

「……………」

顔を近づけ、猛虎のほうからもキスをする。いつも受け身な猛虎からすると、たくさんの勇気を必要とする行為だ。

すると中丸は、舌先で口唇を開かせて中に入り込んできた。

「んんっ」

口中を蹂躙《じゅうりん》する舌に猛虎は小さく声を漏らし、呼吸の仕方が分からなくなる。キスはもう慣れているつもりだったが、こんなに濃厚なのは初めてだった。

酸欠で目を回しそうになっていると、中丸が離れてくれる。

「普通に鼻で呼吸をするんだよ」

「む、難しいです……」

「恋人のキスはこういうものだから、慣れようね」

「……………」

にっこり笑って有無を言わさないのは、中丸の得意技だ。猛虎に選択肢を与えず、そういうものだからと力技に持ち込む。

しかし、どう考えても猛虎より中丸のほうが物事をよく知っているので、そうなのか…と思うだけだ。

「今日からは恋人だから、一歩一歩だね」

「はい」

猛虎が頷くと、立ち上がった中丸に抱きかかえられてベッドへと移動する。そしてそのままストンと座らされて、もう一度キスをされた。

舌先を絡める恋人同士のキスだが、先ほどのように激しくはない。

猛虎も多少ぎこちないが応えることができて、酸欠になることもなかった。

それからスーツの上着を脱がされ、シャツのボタンを外される。

現れた鎖骨や肩に口付けられ、ゾクリとするものが背筋を這い上がり、それは乳首を含まれることで増大した。

「……っつ」

気をつけないと、おかしな声が漏れてしまいそうである。

右を甘噛みされ、舌先で愛撫されながら、左は指で摘まれている。クリクリと揉まれ、指の腹で擦られるのは苦しいものがあった。

しこった乳首への刺激は強く、そこから微弱な電気が発しているような気さえする。

自分の腰が無意識のうちに動いているのは分かっていたが、初めての感覚に体が熱くなり始めていた。

両方の乳首をさんざん弄ばれ、胸から腹、ヘソへと唇を移動させてきた中丸は、やがて猛虎のズボンに手をかけた。

ボタンをはずしてファスナーを下ろし、ズボンだけでなく下着も、靴下まで脱がされて、全裸にされる。

猛虎の少しばかり小ぶりなものはすでに立ち上がっており、さすがに恥ずかしくて毛布の下に潜り込んだ。

中丸がそんな猛虎に楽しそうな視線を向けながら服を脱いでいく。

「………」

バスローブ姿しか見たことがなかった猛虎は、初めて中丸の体をちゃんと見て、中丸が着痩せするタイプなのだと知る。

意外なほどきちんと筋肉がついているし、細身というわけでもない。体の中心にあるものの大きさに、猛虎は怯える。まだ完全に立ち上がっていないのにもかかわらず、どっしりとした立派なものだった。

思わず視線を逸《そ》らし、毛布の下で身を硬くする。

男同士のやり方くらいは猛虎も一応知っているので、本当にあれを自分が受け入れるのだろうかと怖くなった。

全裸になってベッドに上がってきた中丸に毛布を剥がされて、一糸まとわぬ裸を中丸の視線のもとに晒される。

「——綺麗だ。白い肌だね」

子供の頃からのインドア派で、高校はプールがないところを選んだため、日焼けとは縁のない生活を送っていた。

肌が白いのも当然で、たまには日光浴をしたほうがいいのかもしれない…と危機感を覚えるほどである。

中丸に足を掴まれて爪先にキスをされ、くるぶしや足首をペロリと舐められる。ふくらはぎを揉まれ、脛《すね》を撫でられた。

ゆっくりと確かめるように上にのぼってくる愛撫が、膝裏や太ももに達する。

くすぐったいそれに猛虎は身を捩《よじ》るが、新たな場所に攻撃を受けるだけだった。

内ももや腰、尻にもキスをするが、肝心なところには触ってくれない。

もっとちゃんと触ってほしいと足をモジモジさせるのだが、中丸は意地悪くその周囲ばかりを刺激した。

二つの袋を手のひらに包んで揉んだり、きわどい部分に吸いついたりするのに愛撫に立ち上がっている猛虎自身は無視なのである。

これでは変に熱が溜まるだけで、かえって切ない。

猛虎は中丸の肩に手を触れ、ジッと見つめた。

「中、丸…さん……」

頭も勘もいい中丸が、猛虎の懇願に気がつかないはずがない。

「達っちゃうと、そのあとがつらくなりそうだからね」

「………?」

猛虎にはどういう意味か分からなかったが、中丸は「トラちゃん、体力なさそうだから」とクスクス笑っている。

「でも、あんまり焦らすとかわいそうだから、本番に入ろうか」

そう言って、猛虎の体はうつ伏せにひっくり返された。それからグイッと腰を持ち上げられる。

後ろから中丸に局部を見られる体勢に猛虎は逃げを打とうとするが、ガッシリと掴まれた腰がそれを許さない。

　中丸の指が、双丘の狭間にある蕾に触れた。

「ここでボクを受け入れてもらうけど、無理はさせないから。ちゃんと濡らして、慣らして、痛くないようにするよ」

「あ……」

　やっぱりあの大きなものを受け入れるのかと猛虎は震え、だがすぐに覚悟を決めてコクリと頷く。

「ありがとう。痛くしないためにも、ちゃんと慣らそうね」

　その言葉とともに、秘孔に熱いものが触れる。指とは違うそれはぬめりを持って固く閉ざされた部分をくすぐり始めた。

「……っあ」

　なんとも表現のしようがない感覚に猛虎は竦み上がり、先端で突かれるようにして舐められることでそれが舌だということを知る。

「ひっ、あ、…嫌……」

「濡らしてここを広げないと、トラちゃんと一つになれないんだよ。これは、恋人になるための大切な行為なんだ」

「………」

猛虎をおとなしくさせる言葉を、中丸はよく知っている。そんなことを言われては、もうそれ以上嫌だとは言えなかった。

結果、嫌だ、ダメだと思っても中丸の舌を受け入れるしかない。

入口を舐められ、柔らかくなったところで舌先が潜り込んできたときも、反射的に体を硬くしただけで逃げようとするのをこらえた。

濡れた舌はあまり抵抗なく入り込んできて、中でうねうねと蠢《うごめ》く。指が秘孔を押し広げ、舌の動きを容易なものにしていた。

唾液が送り込まれ、内部を刺激され、おかしな感覚が猛虎の中に生まれ始める。

やがて舌が抜け出たときにはホッとしたが、代わりに指が一本挿入された。

節のある長い指は、さすがに舌先よりもずっと異物感が大きい。

「うう、ん……」

けれど唾液が潤滑剤となって、さほど苦労することなく根元まで差し込まれた。

ゆっくりと引き抜かれ、ゆっくりと差し込まれる。肉襞を擦るようにして内部を探られるのは、鳥肌の立つ感触だった。

指が蠢く間も入口は舐められ、萎えかけた猛虎のものがあいたほうの手で愛撫される。

先ほどまでは頑なに無視していたくせに、今は猛虎の反応を見ながら撫でたり擦ったりと刺激していた。

それが、体の中を探る指から気を逸らせる。

直接的な愛撫がもたらす快感は大きく、そちらに気を取られているうちに指の動きがさほど気にならなくなった。

「はぁ、あ……」

猛虎がもう少しで達けそうだと思うと、中丸は手を動かすのをやめてしまう。

ひどいと思いながら腰を揺らめかしていると、挿入された指が引き出され、今度は二本になってまた入り込んできた。

「んんっ」

指が一本から二本に増えるのは、それほど苦痛には感じられなかった。タイミングを見計らって陰茎をいじる手の動きが再開され、中丸によって解されてもいるせいか、ちょっと異物感が大きくなったという感じである。

とにかく、前をいじられるとわけが分からなくなる。わずかに動く頭の隅で、中丸は何もかも分かってやっているんだろうな…などと考えていた。

異物感や圧迫感にずっと囚われているより楽なのは確かなのだろうが、これはこれで息も体も苦しかった。

何しろ中丸は、猛虎を達かせてはくれないのだ。本来溢れださせるはずの熱がグルグルと体内を回り、過ぎるほどの快感が苦しいのも当然だった。

猛虎が震える声で哀願しても聞き入れてはもらえず、指も二本から三本へと増やされてしまう。

「も、もう……」

その際、秘孔をたっぷりと舐められ、猛虎の腰がプルプルと震えた。

「あぁ、んっ……」

鼻を抜ける声が、甘ったるい。前に加えられる愛撫だけでなく、指で中を掻き回されることにも快感を覚え始めていた。

いったいどちらからより強い快感を得ているのか、猛虎にも分からなくなる。

「もぅ…やぁ……」

泣き言が漏れるのは、頭がおかしくなりそうだからだ。

執拗《しつよう》に舐められ続けているところからおかしな快感が生まれ、何度も内部を指で擦られることでムズムズ感が耐えられなくなってきていた。

最初は感じていたはずの圧迫感も、今はない。いても立ってもいられない焦燥に襲われ、もうやめてほしいとしか考えられなかった。

そのくせ、スルリと指が抜かれると物足りなさを覚える。

思わず尻が指を追いかけてしまったが、中丸はそれで準備完了と思ったようだ。

「もう大丈夫そうだね。このままの体勢で抱くよ。後ろからのほうが、楽なはずだから」

そう言いながら中丸は猛虎の腰をクイッと持ち上げ、とろけさった蕾に熱い塊が押し当てられる。

指とは比べ物にならない大きさのものが、入ってこようとしている。

それがあの中丸の大きなものだと思うと猛虎は本能的に竦み上がるが、中丸の指に背骨をツツーッとなぞられて体から緊張が抜けた。

背中にぴったりと抱きつかれ、耳元で優しく囁《ささや》かれる。

「痛くはしないから、ボクを受け入れて」

「……は、い……」

そんなふうに言われたら、どんなに怖くても嫌とは言えない。中丸に抱かれてちゃんとした恋人になることは、猛虎の希望だから。

大きく呼吸をして必死で体から力を抜こうとしていると、秘孔に中丸のものがあらためて押し当てられる。

グッと、先端が入り込んできた。

「――くぅっ！」

やはり、中丸のものは指三本とはわけが違う。先端だけでも太く、大きく、何よりもとても熱かった。

「深呼吸をして。ゆっくり」

「……」

一生懸命息を吸い、吐き出したタイミングでズズッと中に入り込まれる。

思わず息が詰まって体を緊張させるが、再びの中丸の指示でまたゆっくりとした呼吸を意識した。

呼吸に合わせ、中丸が少しずつ奥へ奥へと入り込んでくる。

押し広げられる感覚は恐ろしいものがあり、だが切れていないのは感じられたので死ぬかもしれないというほどの恐怖はない。

猛虎の体が硬直するたびに中丸は大丈夫だと励まし、一瞬にして萎えた陰茎に愛撫を加えることで緊張を解く。

大変な牛歩ではあるがなんとか根元まで収まったときには、猛虎だけでなく中丸の呼吸も乱れていた。

「……」

いったん休憩というところだが、体内にあるものの存在感がすごすぎて、とてもではないが無視できない。腹の中がすべて中丸のもののような気がした。

ドクドクと脈打つ鼓動さえ感じられ、猛虎はふうっと吐息を漏らす。

「中丸さんを、感じます…ボクの中に、いっぱい……」

そう言うと、内部で中丸のものがグンと大きくなった。

「やぁっ」

「これでも動きたいのを必死で我慢しているんだ。可愛いことを言われると、最後の理性が吹き飛んでしまいそうになる」

冷静を装いながらも、その口調にいつもの余裕はない。中丸も高ぶっているのだと思うと、反対に猛虎のほうには少しだけ余裕が生まれた。

「う、動いて、大丈夫…だと思います」

そう言うや否やすぐさま中丸の腰が動き、ギチギチに収められた巨大な陰茎がズルズルと引き出される。

「くっ、う」

思わず漏れた声に痛みの響きがないことを感じ取ってか、中丸は動きを止めることなくゆったりとした抽挿を開始した。

抜き出し、押し入れる。

規則的なその動きは猛虎の陰茎を愛撫する手とタイミングを合わせ、猛虎の内部が馴染んでいくとともに少しずつ速度を上げていく。

すごく苦しくて圧迫感も大きいが、快感がないわけではない。

時折ダイレクトに快感へと直結する部分も擦られて、猛虎の体は苦痛よりも快楽のほうを選ぼうとしていた。

「んっ、ふぅ…あぁ、ん」

小さな嬌声が猛虎の喉からひっきりなしに溢れ、それとともに中丸の動きもどんどん速いものになっていく。

尻に中丸の腰が打ちつけられ、中を抉《えぐ》るものが最奥まで届く。

限界まで早くなった動きが中丸の高まりを教え、猛虎の体内を巡る熱も最後の一線を越えようとしていた。

「――つっ！」

どちらが発したか分からない声が漏れ、熱い飛沫が猛虎の体内に迸《ほとばし》る。

強い衝撃が猛虎の快感に一押しを加え、猛虎自身もようやくのことで欲望を吐き出すことができた。

中丸がガクリと力を失い、猛虎の上に覆いかぶさってくる。

はぁはぁと呼吸が荒くなっているのは、二人とも同じだ。

ピタリと密着したまま脱力していると、早々に復活した中丸が猛虎の首筋にキスをしながら礼を言う。

「がんばってくれて、ありがとう。どこか痛くない？」

「……はぁはぁ」

猛虎はまだ声を出せるような状態ではないので、プルプルと首を横に振って大丈夫だと伝える。

「よかった」

中丸はそう言って、猛虎の中に納まったままのものをゆっくりと引き出す。

「ぅうっ」

猛虎の体にはまだ余韻がたっぷりと残っており、中を擦られる感触にゾクゾクしたものを感じて困ってしまった。

しかも中丸は避妊具なしで猛虎の中に欲望を注いだから、尻に力を入れておかないと精液が零れ出てしまう。

苦しい呼吸の下でなんとかそれをやりすごし、猛虎ははぁっと脱力した。

「………」

頭の天辺から爪先まで、至るところを中丸に触られた気がする。

初めての行為に翻弄された猛虎は、精も根も尽き果てたという感じである。

「な、なんか……」

グッタリとベッドに伏したまま呆然と呟くのに、中丸がクスクス笑いながら肩にキスを落とした。

「なんか?」

「すごかった……?」

その感想に、中丸は小さく噴き出す。

「どうして疑問形なのかな？　それに『すごい』って、いろいろな意味に取れるけど」

「んー…自分でも、よく分かりません。何が何やら……。今、何時……？」

まだ頭がぼんやりしていて、時間の感覚がない。

「昼の一時すぎだよ。運動したから、何か食べたほうがいいかな？　お腹空いた？」

「一時っ⁉　まだ、一時なんですか？」

「そうだよ」

「信じられない…あんなにいろいろなことがあったのに……」

野辺に襲われて、警察署で事情聴取を受けて、中丸に告白してセックスをした。あまりにも盛りだくさんすぎて、猛虎は目が回りそうだ。

しかし冷静に考えてみると、野辺に襲われて中丸が叩きのめすのに一、二分しかかかっていないし、事情聴取なども中丸の知り合いの刑事がいたとかでサクサク進められた気がする。目撃者もいて別室で聞き取りを行っていたようだから、話の整合性を確かめるのも簡単だったかもしれない。

「そっか…まだ一時なんだ……」

「今日は休みにしてもらったし、時間はたっぷりあるよ。まずは風呂だな。それから、昼食。宅配で食べたいのある？」

「う～ん……」

唸る猛虎を置いて中丸がベッドから立ち上がり、衝立にかけてあったバスローブを羽織る。そして、入浴の準備のため自動給湯のボタンをピッと押した。そのままキッチンへ向かい冷蔵庫から水のボトルを取っててくると、キャップを開けて渡してくれた。

「はい、どうぞ。喉が渇いているはずだよ」

「ありがとうございます」

礼を言って受け取った猛虎は、ヨイショと上体を起こして水を飲む。

「あ…美味しい……」

冷たい水が喉を通っていくのに、ゴクゴクと飲んで一気に半分も減らしてしまう。

一息ついたところで中丸がボトルを取り、残りの半分を飲み干した。そしてベッドに戻ると、猛虎の脇に手をかけてヒョイと持ち上げ、抱きしめる。

「体はつらくない？」

「ちょっとだるいけど…平気です」

初めての猛虎にはよく分からないが、とても慎重にしてもらったという自覚はある。

もう嫌だと泣き言を漏らしてしまった秘孔の丁寧な慣らしのおかげで、大した痛みもなく中丸を受け入れられたのである。

翻弄されて大変だったが気持ちよかったし、苦しかったり恥ずかしかったりしたが嫌ではなかった。

ただ、とにかく体がだるい。中丸はいつもどおりで疲れた様子がないが、猛虎は指を動かすのも億劫《おっくう》だった。

「トラちゃんは、体力がないなぁ」

「自分でも、そう思います……。中丸さん、全然疲れてませんよね？」

「まぁ、あれくらいじゃ。もう二、三回やれるくらいの体力はあるよ」

「……」

それは絶対に無理…と、猛虎は黙り込む。たった一回でも疲労困憊《こんぱい》なのに、もう二、三回なんて無理に決まっている。

「トラちゃんも、もっと体力をつけないとね。やっぱり肉かなぁ。週末は　緒にジムとか行こうか」

「う、運動、苦手なんですけど……」

「運動神経とは関係ないメニューもあるから大丈夫。トラちゃんの場合、最初はルームランナーで速足っていうところかな。体力がついてきたら、少しずつ速度を上げていけばいいよ」

「……足、縺《もつ》れそう……」

「そ、そこまで運動音痴？」

「わりと…たまにエスカレーターの乗り降りでマゴマゴします」

「……なんで？」

「タイミングが難しいというか…右足？　左足？…とか迷ったり」

「意味が分からないけど、トラちゃんがかなりの運動音痴ということは分かった。ルームランナーは危険か……」

「な、慣れれば大丈夫だと思います」

「慣れるまでが大変そうな予感」

「……」

動かないものがいきなり動き始めるとか、動いているものに乗るとかが苦手な猛虎は、否定できなかった。

動く歩道もたたらを踏んでしまうことが多く、極力使わないようにしているのである。

「近所を散歩とか、健康的にハイキングとかしてみようか。トラちゃんの場合、歩くことから始めたほうがよさそうだ。……あ、今度、万歩計を買いに行こうか」

「うう……はい」

水と食料さえあればいつまででも引き籠もれるし、絵を描き始めたらトイレに行くくらいしか動かない猛虎は、正直言えば万歩計なんて欲しくなかった。自分の一日の歩数を知るのが怖く、中丸にも怒られそうな気がする。

「ついでにボクも買おう。会社の往復やら顔出しやらで、結構な歩数が稼げる気がする」

「……」

こまめに動き回っている中丸と比べられたら余計に怒られるんじゃないかと、猛虎はひやひやした。

なんとか万歩計を回避する方法はないだろうかと思っていると、ピーピーという音がして、バスタブに湯が溜まったのを教えてくれる。

中丸はいったん猛虎から離れて立ち上がり、膝裏に手を差し込んで猛虎を抱き上げる。

「ひゃっ！　な、中丸さん、自分で歩けます」

「いいから、いいから。それよりちゃんとお尻に力を入れておかないと、ボクのが漏れてきちゃうよ」

「う……」

ゴムは着けなかったから、猛虎の中に中丸の精液が注ぎ込まれている。気を抜くと漏れてしまいそうなそれに、猛虎は真っ赤になるとおとなしく中丸の腕の中で硬くなっていた。

シャワーの下で立たされ、器用にバスローブを脱いだ中丸に腰を支えられながらシャワーを浴びる。

温かな湯が気持ちいいなぁと目を瞑っていると、腰からスルリと下りた中丸の手が、尻を撫でて秘孔へと辿り着く。

「ひゃっ」

指が潜り込んできて、入り口を開き、中を探る。シャワーの湯に交じってトロトロと中丸の精液が零れ出る。

そのなんともいえない感触に猛虎はゾクリとし、足から力が抜けて腰砕けになる。中丸がしっかりと支えてくれなかったら、そのままへたり込んでいたところだ。

「んっ、うぅ」

丁寧に掻き出す指にゾクゾクし、体が震える。腰を支える中丸の腕、肌を伝う湯の感触にさえ過敏になった。

中丸が耳元でクスクスと笑いながら、可愛いと囁く。そして耳朶《みみたぶ》を甘噛みし、猛虎の両足の間に差し入れた足で立ち上がりかけた猛虎の陰茎を刺激する。

秘孔に潜り込んだ指は掻き出すためだけではなく、愛撫のような動きも見せている。

「あっ……」

乱れた呼吸の下から漏れそうになる声に猛虎は唇を噛み締め、プルプルと震えてこみ上げる快感をこらえようとした。

すぐ背後の壁に体を押しつけられ、直接陰茎を握られる。

後ろに挿入したままの指を動かしつつ前を擦られ、猛虎の体の震えが大きくなる。

「やっ、あぁ…んんっ」

まだまだ初心者の猛虎は、中丸の手であっという間に昇りつめさせられた。

中丸がはぁはぁと荒い呼吸をする猛虎を抱えてシャワーの下に戻し、体を洗い流す。そしてグッタリと凭《もた》れかかる猛虎を抱えると、そのまま湯船に入った。

「うーっ」

苦しいやら気持ちいいやらで、猛虎は複雑だ。

湯の温かさにホウッと吐息を漏らしつつ、恨めし気に中丸を見てしまう。

「体力ないっていう話をしたばっかりなのに……」

おかげで先ほどよりも体が重い。手も足も動かしたくなくて、中丸に凭れかかることしかできなかった。

「最初は掻き出すだけのはずだったんだけど、トラちゃんが気持ちよさそうだったから。中途半端で放り出すのもかわいそうだし」

「そのほうがよかった……」

中丸の指がおかしな動きをしなければ、熾《おこ》りかけた火もすぐに収まった気がする。性に淡泊な自分を知っているだけに、こんなにだるくなるまでにした中丸を恨めしく思った。

けれど中丸はケロリとしたもので、笑いながら猛虎の腕を取ってマッサージする。

「こうして限界に挑戦しつつ、体力がついていくといいね。ボクも、忍耐力に挑戦しているわけだし。早く慣れて体力をつけてくれないと、抱き潰しかねないからな」

「だ、抱き潰す……？」

「もう二、三回くらいできるって言っただろう？　それを一回で我慢しているのは、トラちゃんが無理だと判断したからだよ。でも、こうして触れていれば抱きたくなるし、忍耐力もいつまでもつか分からないし……早く体力つけようね」

「……………」

中丸はとても優しいが、同時にすごく怖い人でもあるのかな…と思わされる。

にっこりと微笑みながらも、自分の思うように事を進める強さを感じた。

「……が、がんばります……」

「そうだねー。ボクの忍耐力が尽きるまでに。あ、でも、アシスタントは終わったばかりだし、今、イラストやカットの仕事は抑えているから余裕があるか」

「……………」

なんの余裕かは、怖くて聞けない。

猛虎は必死になって、話を変えにかかった。

「あ、あのっ。野辺さんは、どうなるんでしょう？」

「現行犯逮捕の殺人未遂だからね。さすがに執行猶予はつかないんじゃないかな。ご丁寧に、殺してやるって言ってくれたし。会社での待ち伏せは計画的犯行と見られるだろうから、甘い判決にはならないと思うよ」

「刑務所に入るっていうことですか？」

「そうじゃないと困る。出てきたら、ボクのほうで手を打たないとなぁ。とにかく、二度とトラちゃんの前には姿を見せないようにするから」

「ありがとうございます」

怖い答えが返ってきたら嫌だから、どうやってそうするつもりなのかは聞かないことにする。猛虎は中丸のことが好きだから深く知りたいとは思っているが、何もかも聞き出したいわけではない。もともとのんびりやな性格だし、ゆっくり少しずつ知っていけばいいと思っていた。

「さて、そろそろ上がろうか。のぼせてはいけないし、空腹だし。トラちゃん、何が食べたい？」

ザバリと湯から上がりながら聞かれるのに、力を抜いて運ばれるがままになっている猛虎が答える。

「宅配って取ったことがないから、何も思いつかないんです。高いし、一人前じゃ持ってきてくれないし」

「ボクは嫌いじゃないけどな。二人分取って、もし残ったらあとでレンジで温めればいいし。うーん…そうしたらピザでも取ろうか。七生くんのところでは出ないだろうから、逆に新鮮でいいかもね」

宅配のピザは、Ｍサイズで二千円もする。猛虎にとっては高価なものだ。具だくさんで美味しいことは知っているが、値段を考えると手を出しにくく、ピザが食べたくなったらスーパーで買ったり冷凍物で我慢していた。

「宅配のピザ……」

「いろいろ食べたいから、四種類の味が楽しめるクワトロがいいな。それからサラダとポテト」

「美味しそう……」

「クワトロも何種類かあるから、トラちゃんが選ぶといいよ」

「わぁ」

贅沢だと、猛虎はうっとりする。

中丸に体を拭いてもらってバスローブを着せられ、ソファーに座らせられる。そしてスマホの画面に表示させたピザ店のメニューを見せて、好きに選ぶように言う。

「う〜ん、う〜ん」

猛虎は真剣に悩み、三つある中から一つを選び出した。

中丸は慣れた様子で操作して注文し、もうちょっと水を飲んだほうがいいとペットボトルを取ってくる。

ソファーに座っておとなしくそれを飲んでいる猛虎の横で、中丸は携帯電話を操作し続けた。

「……野辺は現行犯逮捕だし、目撃者もいたからすんなり起訴されるみたいだ。事前に大型ナイフを買って殺意ありで、計画性もあって実刑は間違いなしだろうって。服役が何年になるかは分からないけど、なるべく長く入っていてほしいね」

「あの刑事さんからですか？」

「そう。野辺も意気地がなくてペラペラ喋っているから、事件としては楽勝だってさ」

「よかった……」

「服役して、頭が冷えるといいんだけどね。あの手のバカは、どういう思考回路をしているのか理解できないからなぁ」

「ボクにも、まったく理解できません」

立場を利用してのセクハラに、逆恨みの殺人未遂など、野辺の行動は猛虎の理解の範疇外だ。

「でも野辺はこのまま判決まで拘留されているだろうし、スッキリ片付いたところで、トラちゃん、アパートを引き払ってここに来ないかい？」

「えっ、それって…一緒に住む…ということですか？」

「そう。実際に同居してみて大丈夫そうだと分かったし、トラちゃんがいなくなるのは寂しいし。仕事から帰ってきて、トラちゃんに迎えてもらえるのは嬉しいからね」

「でも…ボク、何もできませんよ？　七生くんみたいに美味しいご飯は作れないし、気も利かないし……」

「いや、あれは七生くんが特別なだけだから。すごいとは思うけど、ボクが恋人に求めるのものは違うよ」

「どういうことを求めているんですか？」

「そうだなぁ…簡単に言うと、癒し？　顔を見て、抱きしめて、ふうっと肩から力が抜けたらいいかな」

「癒し……」

「そういう意味では、トラちゃんはパーフェクトだから。小さくて可愛いし、ちょっとぼんやりしているところもツボかな。あとはもうちょっと肉付きがよくなってくれると…ピザ、たくさん食べようね?」

「……」

太らせてから食べようというお菓子の家の魔女の童話を思い出した猛虎は、なんとも複雑な心境になる。

「それで、引っ越しは? ボクと一緒に住んでもらえるかな?」

「……はい。ボクでよかったら、よろしくお願いします」

七生のレベルを求められず、今までと同じでいいというのなら、迷う必要はない。猛虎も、いまさら中丸がいない毎日は不安で寂しく感じられる。

「ありがとう。それじゃ、週末にでも早速引っ越しをすませようか」

「あ、でも、退去の一週間前には知らせなきゃいけないんですけど」

「家賃さえ払っておけば問題ないよ。不動産屋に退去の知らせや、その他諸々の手続きは早いほうがいいけどね」

怖気づいても逃がしてあげないよとニコニコ笑いながら言われて、猛虎もついぎこちない笑みを返す。

好きだけど、愛していると言えるけれど、ちょっと怖いというのが正直なところだ。

いろいろなことが起きて、猛虎にも薄々中丸が本来は荒々しい気性なんだろうということが分かり始めていた。

けれどだからといって、中丸のことを恐ろしく思っているわけではない。誰かが余計なちょっかいさえかけなければ中丸は優しく穏やかで、理不尽なことで怒ったりしないと知っていた。

「家賃、ボクにも払わせてくださいね。この部屋、高そうだから半分は無理かもしれませんけど……」

「いや、ボクも家賃は払っていないから。前に、祖父からもらったって話したことあったよね。ボクが払っているのは光熱費や水道代だけなんだよ」

「あ、そうでしたっけ…ええっと、じゃあ、その光熱費や水道代なんかをボクが払います」

「うーん、それはどうかなぁ。一応ボクのほうが年上だし、サラリーの安定した会社員だし。トラちゃんにばっかり払わせるのはねぇ」

「ええっと…それじゃあ、ボクが光熱費で、中丸さんが水道代とかじゃどうですか？　ボクも、何も払わないのって気が引けるし……。あ、食費とかもちゃんと半分出させてくださいね！　ずっと奢ってもらってばかりだから」

「そうはいっても、食べるのはボクの趣味みたいなものだからなぁ。うう〜ん…そうしたらトラちゃんは光熱費と水道代、ボクは食事代っていうことでどうだろう？　オール電化だし、二人分となると光熱費や水道代も結構かかるよ」

「でも…ご飯代のほうがどう考えても高いんじゃないかと……」

「まぁ、そこは食への情熱の違いと、年上に花を持たせるということで」

「中丸さんが、それでいいなら……」

「うん、ぜひそうしてほしい。――あと、名字じゃなくて名前で呼んでほしいな。ボクの名前、憶えてる？」

「中丸、悠一郎《ゆういちろう》さん……」

「正解。……ということは？」

「悠一郎さん……」

「そうそう。ボクも、トラちゃんじゃなくて、猛虎って呼ぼうかな。七生くんたちと同じ呼び方じゃ悔しいし」

中丸の負けず嫌いの一面が見られて、猛虎はクスクスと笑う。そしてヨイショと上体を捻って中丸に正面から向くと、改まってペコリと頭を下げた。

「悠一郎さん、これからよろしくお願いします」

「こちらこそ。仲良くやろうね、猛虎」

同じように中丸も頭を下げたところで、タイミングよくインターホンが鳴る。中丸は笑って、た。

「ピザだ」と立ち上がった。

インターホンで応対して上がってきてくれと言い、その間に冷蔵庫の中からコーラを取り出したり皿を用意したりとバタバタ動き回る。

それから部屋のチャイムが鳴ったので応対に出て、戻ってきたときには大きな袋を下げてい

ガサガサと中からサラダなどを取り出し、蓋を開けて食べるばかりにする。

コーラのプルトップを開けてくれた中丸は、それを猛虎に渡して目の前に掲げた。

「恋人&同居決定祝いに、コーラで乾杯だ。ちゃんとした同居祝いのときには、シャンパンを買っておくよ」

「ボク、あまり飲めないと思いますけど……」

「そこはお祝いってことで、少しだけ口をつければいいよ。それではとりあえず、今はコーラで乾杯」

「乾杯」

コツンと缶を当て、シュワシュワのそれを飲む。

「さぁ、食べて食べて」

中丸は皿にピザを取り分け、早速齧りつく。

猛虎もそれに倣って食べ始めた。

「んっ、美味しい。生地もソースも、すごく美味しい」

「出来たてだし、高いだけあって冷凍物には出せない味だよね。うーん、旨い。ボクのお勧めは、こっちのシーフード。猛虎、シーフード好きだろう？」

「はい。海老やイカがたくさん載ってますね〜」

中丸はいつも楽しそうに食べるから、一緒にいると猛虎も食が進む。

こうして食事を誰かとともにできるのは嬉しく、それが恋人である中丸だと幸せだなぁと感じる。

食にはあまり興味がなかった猛虎も、中丸に感化されて楽しみになってきていた。

せっせとピザを口に運びながら、こんな日々がいつまでも続くといいなぁと考える猛虎だった。

★★★

野辺が中丸をナイフで襲う事件を起こしたとき、すでにＭＩＴＡへの退職願いは受理され、手続きも迅速にすませていたことからＭＩＴＡの社員ではなくなっていた。

しかしセクハラの集団訴訟はＭＩＴＡの広報部長という立場を利用してのものだったので、会社もその対応は大変だったようだ。

野辺の殺人未遂に肝を冷やした会社側は、隠蔽《いんぺい》工作にやっきになったらしい。お抱えの弁護士団を総動員して、集団訴訟を鎮静化させようとする。

野辺の退職金との相殺で多額の慰謝料を払い、和解へと持ち込もうとしていた。

野辺としても殺人未遂の現行犯逮捕に加え、セクハラの集団訴訟は非常に心証が悪い。量刑にも関わってくるとのことで、会社側の和解案に同意した。

それぞれの被害の程度によって額は違うが、猛虎にも支払われるという。

猛虎は驚いて辞退しようとしたのだが、受け取ってもらえたほうがＭＩＴＡ側も安心できると言われて、申し出を受けることにした。

弁護士の用意した書類には七桁の数字が載っていて、少しばかり怖気づきながら署名することになる。それに加えてイラストの使用料などの契約もあり、最終的にＭＩＴＡ側から振り込まれる金額は、猛虎が見たこともない額だった。

一気に生活に余裕ができ、アパートを引き払っての中丸との同棲生活も順調だ。

イラストやカットもやりがいがあるものが増えてきていて、何もかもうまく回っている中、ＭＩＴＡからポスターやノベルティグッズが届いた。

ポスターは色や質感を重視して何度も色刷りをしたというだけあって秀逸で、ノベルティグッズもファイルケースやポストイットなど多種多様である。

自分のイラストが綺麗に印刷され、グッズにもなるというのはとても嬉しいことだった。


そして、いよいよポスターが貼り出される日。

朝、遅めの出社に合わせて中丸に連れてこられたのは、巨大な駅の改札と改札を繋ぐ通路で、片側には広告、片側には店が並んでいる。

そこに、ＭＩＴＡのポスターがズラリと貼られていた。

例のスポーツカーのカラーリング違いの写真が三点と猛虎の描いたイラストが、順番に何十枚と貼られている。

それなりに長い通路の、すべてがＭＩＴＡのポスターなのである。

「すごい……」

「大々的に売り出しているからね。あちこちにポスターを貼りだしている他に、主要な駅はみんなこんな感じにしているらしいよ」

「……すごいです」

猛虎らは感動してそれしか言葉が出ない。とにかくもう、嬉しいの一言だった。

それに、これを見せるためにわざわざ連れてきてくれた中丸に感謝する。毎日の暮らしの中で甘やかされ、こんなふうな優しさを見せてくれる恋人に巡り逢えた幸せを感じた。

猛虎はソッと中丸の手を取り、キュッと握る。

この日の猛虎は、中丸が似合いそうだからとプレゼントしてくれたベージュのダッフルコートを着ている。

内側には白いボアがついていてとても暖かく、少し髪の伸びた猛虎の性別を曖昧なものにしている。

ユニセックスな女の子に見えるかもしれないこの格好なら、中丸の手を握っていてもおかしくは思われない。

そう考えて、人混みの中にもかかわらず、堂々と手を繋いだ。

中丸も優しく握り返してくれて、猛虎はピタリと寄り添う。

「悠一郎さん…ありがとうございます。勇気を出して漫画を見てもらって、悠一郎さんに出会ってから、ずっと幸せです」

MITA

「ボクもだよ。素直で可愛くて、才能に溢れた恋人を持てて、すごく幸せだ。どうもありがとう」

それから、悪戯《いたずら》っぽく笑いながら、猛虎の耳元で囁く。

「……ただ、この場でキスできないのが残念だな。それに、このあと会社に行かなきゃいけないことも。休みなら部屋に戻って、猛虎を抱きまくるのに」

「あぅ……」

猛虎はボッと顔を赤くし、ギュウギュウと手に力を入れる。

「あ、あの…今日は、なるべく早く帰ってきてください。お風呂に入って、準備しておくから」

早口でそう言うと、パッと手を離して中丸から離れる。

「あ、明日は、仕事、お休みにします」

つまり抱き潰されてもいいよと告げて、猛虎は顔を真っ赤にしたまま走って中丸の元から逃げ去った。

自分から誘うのはとんでもなく恥ずかしく、叫びたいほどだ。

でもそんな気恥ずかしささえも嬉しいと、猛虎は弾む足取りで中丸と住むマンションへと帰っていった。

あとがき

こんにちは〜。このたびは、「愛しの彼は編集者様」をお手に取ってくださいまして、どうもありがとうございます。

今回の主役は、前作の「愛しの従兄弟は漫画家様」で、宗弘の親友であり担当編集者でもあった中丸となります。おかげで名前もちゃんともらえました（笑）。宗弘と同じように料理はできない中丸ですが、食べることには熱心です。

猛虎視点で書いていたので中丸の仕事ぶりは出ていませんが、余裕そうに見えて実はすご〜く大変です。週刊で雑誌を出すために、飴と鞭を駆使しつつ担当漫画家に原稿を描かせなければいけません。

宗弘は七生のおかげで絶好調なので、宗弘の仕事が楽なときに原稿を渡すよう調整しています。七生といちゃつきたい一心で、すごくがんばって仕事を終わらせているんですよ。毎日身の回りの世話をしてもらっているし、目の前にニンジンをぶら下げられた馬状態。

なので宗弘は七生にお任せ状態で、中丸は他の手が焼ける漫画家たちのもとに。弱音を吐くのを宥め、おだて、ときには叱りつけ、気分転換にと美味しいものを差し入れし、なんとか原稿をもらえたらフル回転で本来の仕事である編集作業をします。編集者はみんなマイ寝袋を持っていて、忙しい時期には編集部フロアのあちこちにゴロゴロとミノムシ状態のむさ苦しい男たちが……。ようやくすべての作業が終わったときにはヘロヘロ、徹夜明けで不精髭なんていうことも。猛虎には出来る男に見られたいから弱っているところは見せませんが、恋人になったからにはそろそろ弱みを見せ始めるかも～。要領のいい中丸は、弱っている自分をアピールしてうまいこと甘えるでしょう。

ページ数が余ったらショートでそういうのを入れようかな～と思っていたのですが、意外と長くなって余りませんでした。あれ？　本編はあまりページ数を気にしないで書きたいように書いて、余ったらショート…という形式はとても気が楽で、小ネタを書けるショート自体もとても好きです。ちょっとしたおふざけっぽいこともできるし。だから、ちょっと残念。かといって、ショートのためには本編を削るのも本末転倒ですしね。小ネタが浮かんだら、同人誌にでもしようかな～と思っております。

イラストは、いつもどうもありがとうございますの明神翼さん。年に一度のお楽しみですよ。ああ、やっぱり、可愛い～。ラフを見ると、「はうっ、可愛い！　好き♡」となってしまうので、どうにも冷静な判断ができません。無条件に好きなので、見た瞬間「好き♡」しかないんですね～。だから担当さんに何か聞かれても、「えっ、可愛いけど……」としか思えません。ペン入れをして綺麗に色を付けたイラストはもちろん素晴らしいですが、鉛筆描きのラフってすごく好きなんだなぁ。キャラフとか本当に可愛いので、これを発表しないのってもったいないな～と思ってしまいます。いや、でも、それを楽しめるのが小説書きとしてのご褒美…そう考えると、ありがたさもひとしおです（笑）。

エアコンを新しいものに変えたら、何やら雨漏りがするようになりました。そういえば前回壁を塗り直してからもう十年近く経っているし…ということで、ガッツリ足場を組んでもらって十五年は持ちますという壁&屋上塗りを。五度塗りするというだけあって料金も高いですが、ものすごくしっかり補修してくれています。……毎日、壁の外を削る音で起こされる私。いや、昼近くまで寝ているのが悪いんですけどね。今のガガガガ、キュインキュインがなくなると、今度はシンナー臭くなります。しかも、終了まで約一カ月。どうにも落ち着かないわ～ということで、ファミレスでの執筆が増えました……。去年はちょっとダメ子だったので、これを機に捗るようになると嬉しいです。がんばろう。

若月京子

こんにちは、明神翼です☆
「愛しの彼は編集者様」、すっごく楽しんでイラスト描かせていただきました♡ トラちゃんめちゃ大好きです♥♥
トラちゃんの集中力と努力と根情をマジ見習わなきゃ☆
お話を読んでいる間ずっとトラちゃんのお名前「猛虎」を「もうこ」と読んでた私は、中丸にヤンチャキックくらわされそうですね…
トラちゃんごめんなさい♪(苦笑)☆
若月先生、たくさんの萌えをありがとうございました━♥♥
みょうじんつばさ

KYOKO WAKATSUKI
若月京子
illust♦TSUBASA MYOHJIN
明神 翼
お前も俺のこと、好きだろう？
婚約者は俺様生徒会長!?
小さい頃から男にモテモテの美少年・中神八尋が入学したのは全寮制男子高校。上流家庭の子弟が通うセレブ校だが、生徒の大半がホモという超危険地帯！　野暮ったい変装で美貌を隠し、地味で平穏な学園生活を望む八尋だが、人気も俺様ぶりもナンバーワンという生徒会長にして鷹司財閥御曹司の帝人に気に入られて婚約するはめに。それを帝人の親衛隊が黙っているはずもなく——!?

ダリア文庫をお買い上げいただきましてありがとうございます。
この本を読んでのご意見・ご感想・ファンレターをお待ちしております。

〈あて先〉
〒173-8561　東京都板橋区弥生町78-3
(株)フロンティアワークス　ダリア編集部
感想係、または「若月京子先生」「明神 翼先生」係

✽初出一覧✽

愛しの彼は編集者様 ･･････････････････書き下ろし

愛しの彼は編集者様

2014年3月20日　第一刷発行

著者	若月京子
	©KYOKO WAKATSUKI 2014
発行者	及川 武
発行所	株式会社フロンティアワークス 〒173-8561　東京都板橋区弥生町78-3 営業　TEL 03-3972-0346　FAX 03-3972-0344 編集　TEL 03-3972-1445
印刷所	中央精版印刷株式会社